AF198011

Tucholsky   Wagner   Zola   Scott   Schlegel
   Turgenev   Wallace   Fonatne Sydow   Freud
      Twain   Walther von der Vogelweide   Fouqué   Friedrich II. von Preußen
               Weber   Freiligrath
Fechner   Weiße Rose   von Fallersleben   Kant   Ernst   Frey
        Fichte   Richthofen   Frommel
         Engels   Fielding   Hölderlin
   Fehrs   Faber   Flaubert   Eichendorff   Tacitus   Dumas
   Feuerbach Maximilian I. von Habsburg Fock   Eliasberg   Zweig   Ebner Eschenbach
                       Ewald   Eliot   Vergil
         Goethe   Elisabeth von Österreich   London
Mendelssohn   Balzac   Shakespeare   Dostojewski   Ganghofer
      Trackl   Stevenson   Lichtenberg Rathenau   Doyle   Gjellerup
Mommsen   Tolstoi   Hambruch
      Thoma   Lenz   Hanrieder   Droste-Hülshoff
Dach   Verne   von Arnim   Hägele   Hauff   Humboldt
   Karrillon Reuter   Rousseau   Hagen   Hauptmann   Gautier
          Garschin
      Damaschke   Defoe   Hebbel   Baudelaire
                Descartes   Hegel   Kussmaul   Herder
Wolfram von Eschenbach   Dickens   Schopenhauer   Rilke   George
      Bronner   Darwin   Melville   Grimm Jerome
   Campe   Horváth   Aristoteles   Bebel   Proust
Bismarck   Vigny   Barlach Voltaire Federer   Herodot
               Gengenbach   Heine
   Storm   Casanova   Tersteegen   Grillparzer Georgy
      Chamberlain Lessing   Langbein   Gilm   Gryphius
Brentano   Lafontaine
   Strachwitz Claudius   Schiller   Schilling Kralik Iffland Sokrates
      Katharina II. von Rußland   Bellamy   Raabe   Gibbon   Tschechow
                          Gerstäcker
Löns   Hesse   Hoffmann   Gogol   Wilde   Vulpius
Luther   Heym   Hofmannsthal Klee Hölty Morgenstern Gleim
     Roth   Heyse Klopstock   Kleist   Goedicke
Luxemburg   Puschkin Homer   Mörike
         La Roche   Horaz
   Machiavelli   Kierkegaard   Kraft   Kraus   Musil
Navarra Aurel   Musset   Moltke
   Nestroy Marie de France Lamprecht Kind Kirchhoff Hugo
                       Laotse   Ipsen   Liebknecht
   Nietzsche   Nansen   Ringelnatz
           Marx   Lassalle Gorki   Klett
   von Ossietzky May   Leibniz
              vom Stein Lawrence   Irving
   Petalozzi   Knigge
        Platon   Pückler   Michelangelo   Kafka
   Sachs   Poe   Liebermann Kock
      de Sade Praetorius   Mistral   Zetkin   Korolenko

Der Verlag tradition aus Hamburg veröffentlicht in der Reihe **TREDITION CLASSICS** Werke aus mehr als zwei Jahrtausenden. Diese waren zu einem Großteil vergriffen oder nur noch antiquarisch erhältlich.

Symbolfigur für **TREDITION CLASSICS** ist Johannes Gutenberg (1400 — 1468), der Erfinder des Buchdrucks mit Metalllettern und der Druckerpresse.

Mit der Buchreihe **TREDITION CLASSICS** verfolgt tradition das Ziel, tausende Klassiker der Weltliteratur verschiedener Sprachen wieder als gedruckte Bücher aufzulegen – und das weltweit!

Die Buchreihe dient zur Bewahrung der Literatur und Förderung der Kultur. Sie trägt so dazu bei, dass viele tausend Werke nicht in Vergessenheit geraten.

Die Freundinnen

Friedrich Halm

Impressum

Autor: Friedrich Halm
Umschlagkonzept: toepferschumann, Berlin

Verlag: tredition GmbH, Hamburg
ISBN: 978-3-8424-6857-3
Printed in Germany

Friedrich Halm

Das Haus an der Veronabrücke

Zu Venedig im Pfarrbezirke Santa Maria Zobenigo, hart an der Veronabrücke (Ponte della Verona), die von S. Fantino her über den Kanal, Rio menuo genannt, nach S. Benedetto und S. Lucia oder links hinüber nach S. Angelo und S. Stefano führt, stand noch im Anfange des 17. Jahrhunderts ein ansehnliches, palastartiges Gebäude. Die schmale, in den beiden oberen Stockwerken mit Balkonen und zierlichen Spitzbogenfenstern geschmückte Vorderseite der Veronabrücke zukehrend, reichte es doppelt, ja dreifach so tief in das enge, kaum fünf Fuß breite Gäßchen hinein, das den Rio mueno mit dem damals noch offenen, jetzt zugeworfenen und in eine Straße verwandelten Kanal Rio degli assassini verbindet. Ursprünglich dem patrizischen Geschlechte der Barozzi gehörig und von der Sage als der Ort bezeichnet, wo vor Jahrhunderten Tiepolo und seine Genossen zusammenkamen, um ihre hochverräterischen Pläne, sich selbst zum Verderben, zu beraten, gelangte das altertümlich finstere Haus an der Veronabrücke, damals allgemein kurz das Brückenhaus (Cá del ponte) genannt, später in den Besitz der Acotanti. Nach dem Aussterben dieser Familie aber fiel es zuletzt in der ersten Hälfte des 16. Jahrhunderts, als Vermächtnis eines Großoheims und als Lohn jahrelanger Krankenpflege an Cornelia Lando, die es ihrem Gatten, dem Handelsherrn Angelo Minelli, als willkommene Mitgift zubrachte, und es nun nach seinem Tode mit ihrer, noch allein ihr zurückgebliebenen Tochter Ambrosia in der tiefen Stille und Zurückgezogenheit bewohnte, die beschränkte Vermögensverhältnisse ihr zur Pflicht, die nie ruhende Gewissensbisse ihr, der Mörderin ihres Gatten, ihres Sohnes, zum Bedürfnisse machten. In der Tat war die Unglückliche, ob sie gleich kein Gerichtshof der Erde der Verbrechen, deren sie sich anklagte, schuldig erkannte hätte, doch nicht ganz von dem Vorwurfe freizusprechen, die schweren Verluste selbst herbeigeführt zu haben, die wie zerschmetternde Racheblitze des Himmels ihr Lebensglück und ihre Seelenruhe zugleich vernichtet hatten.

Ihr Gatte, Angelo Minelli, Kaufmann mit Leib und Seele und nur auf die Erweiterung seines Geschäftes und die Vermehrung seiner Handelsverbindungen bedacht, hatte nämlich bei zunehmenden Jahren das Bedürfnis gefühlt, sich zur Fortsetzung seiner Anstrengungen einen frischen, jugendkräftigen Mitarbeiter beizugesellen und demnach beschlossen, Carlo, seinen Sohn, bei der reichen Begabung und der Charaktertüchtigkeit, die den vielversprechenden Jüngling vor den meisten seiner Altersgenossen auszeichnete, zu seinem Gehilfen und Nachfolger heranzubilden. Carlo jedoch, hochstrebenden, tatendurstigen Geistes, hatte sich nur mit Widerwillen den Wünschen seines Vaters gefügt, und der Drang nach Leben und Bewegung, der sein ganzes Wesen durchglühte, war endlich so übermächtig geworden, daß er eines Tages dem Vater geradezu erklärte, er verabscheue den Handelsstand und gedenke sich dem Waffenhandwerk zu widmen. Minelli seinerseits war dieser Erklärung mit der unbedingten Weigerung entgegengetreten, in irgendeiner Beziehung von den einmal gefaßten Beschlüssen abzugehen. Der Starrsinn des Vaters, durch das beharrliche Andringen des ehrgeizigen Jünglings täglich nur noch mehr gesteigert, hatte den Sohn zuletzt zu offenem Widerstand empört, und so war binnen kurzem der Unfriede in dem stillen, dunklen Hause an der Veronabrücke zu solcher Höhe gestiegen, daß Carlo nach einem mißlungenen Fluchtversuche von seinem Vater den Tag über auf seiner Kammer versperrt gehalten, und ihm erst nachts, nachdem Minelli Haustor und Fensterladen sorgfältig verwahrt und verschlossen hatte, der Verkehr mit Schwester und Mutter gestattet wurde. Diese letztere, die vergebens mit Bitten und Tränen den Zorn des Gatten zu beschwichtigen, den Trotz des Sohnes zu beugen versucht hatte, sah verzweifelnd nur die Wahl zwischen zwei Übeln sich freigestellt: den geliebten Sohn vor ihren Augen von Kummer und Gram verzehrt dem Grabe zuwelken zu lassen, oder gegen den Willen ihres Gatten und gegen ihren eigenen Wunsch die Neigung des Jünglings zu begünstigen. Ihre mütterliche Zärtlichkeit entschied sich um so mehr für das letztere, als die Mittel zur Durchführung des einmal gefaßten Beschlusses ihr so nahe lagen. Ihr Schlafgemach, im Erdgeschoß des Hofraumes gelegen, stand nämlich mit einem der in Venedig häufig vorkommenden, in den heißen Sommermonaten als kühlen und der Plage der Nachtmücke unzugänglichen Ruheort sehr beliebten, fensterlosen Klosette in unmittelbarer Verbindung, dessen Wände und Decke noch aus der Zeit der Barozzi her mit altertümlichen, reich mit kunstvollem Schnitzwerk verzierten Holzgetäfel bekleidet waren. Ein Druck auf eine der Rosen dieses Schnitzwerkes aber öffnete, wie der Großoheim dereinst seiner treuen Pflegerin unter eidlicher Verpflichtung zu unverbrüchlichem Stillschweigen gelehrt, eine in dem Holzgetäfel verborgene Tür, durch welche man in einen schmalen in der Mitte der Grundmauer des Hauses fortlaufenden Gang gelangte. Dieser geheime Ausweg, der im Hinterteile des Hauses in ein Sackgäßchen nahe am Rio degli assassini ausmündete, und von außen her durch eine hinter beweglichen Steinplatten versteckte Tür verschlossen war, hatte zu Tiepolos Zeiten ohne Zweifel den Verschworenen zu ihren Zusammenkünften gedient, und wurde jetzt von einer aus Angst und Unruhe halb wahnsinnigen Mutter benützt, den hartnäckig auf seinem Sinne beharrenden Sohn bei tiefer Nacht aus dem Vaterhause entweichen und in der Fremde das Glück suchen zu lassen, das er in der Heimat nicht zu finden vermochte.

Minelli, in das Geheimnis des verborgenen Ganges nicht eingeweiht und daher um so maßloser über das unbegreifliche Verschwinden des Sohnes erzürnt, hatte weder Geld noch Mühe gespart, des Flüchtlings wieder habhaft zu werden; da aber seine Bemühungen fruchtlos blieben, bemächtigten sich nach dem ersten Rasen der Leidenschaft träger Mißmut und dumpfe Teilnahmlosigkeit seiner Seele so vollkommen, daß sogar die Gefahr bedeutender Verluste, die um jene Zeit sein Geschäft bedrohten, ihn aus dieser Stimmung nicht aufzurütteln und zur Abwehr zu bewegen vermochten. Selbst das wirklich hereingebrochene Unglück vergrößerte nur seine mutlose Versunkenheit, bis endlich ein schweres Siechtum den an Vermögen und Gesundheit gleich herabgekommenen Mann aufs Krankenlager niederwarf, von dem er nicht wieder erstehen sollte. Wenige Tage aber, nachdem ihr unglücklicher, durch die Flucht des Sohnes ins Herz getroffener Gatte den letzten Seufzer ausgehaucht hatte, empfing die von dem bittersten Schmerze, den quälendsten Vorwürfen bestürmte Witwe die Nachricht, ihr Sohn, der zu Florenz unter dem gegen die Franzosen zu Felde liegenden Kriegsvolk der Mediceer Dienste genommen, Carlo, ihr Erstgeborener, ihr Liebling, sei vor Marciano einer französischen Falkonettkugel erlegen.

Seit jenem Tage verhielten sich die Bewohner des Hauses an der Veronabrücke wie aus der Reihe der Lebenden ausgestrichen; lautlose Stille herrschte in seinen Räumen, und kein Fuß betrat je seine Schwelle als ab und zu der Pfarrherr von Santa Maria Zobenigo. Aber weder sein Zuspruch, noch die Schmeichelworte, die Bitten und Tränen Ambrosias, die neben ihr wie eine Rose in der Wüste heranblühte, vermochten die Witwe Minellis aus ihrem Gram, aus ihrer starren, wort-, tränen- und bewegungslosen Versunkenheit zu wecken. Bei verschlossenen Fensterläden, denn sie wäre des Lichtes der Sonne nicht wert, jede Berührung ihres Kindes ängstlich vermeidend, denn sie wäre verflucht, sagte sie, saß sie tagelang in ihrem Schlafgemach, die Perlen eines Rosenkranzes gedankenlos durch die Finger gleiten lassend, und unverrückt weit offenen Auges in das Dunkel des anstoßenden Klosetts hineinstarrend. Erst wenn die Nacht hereingebrochen war, fingen ihre Züge sich zu beleben an, kam Bewegung in ihre starren Glieder; dafür bemächtigte sich aber immer steigende Unruhe ihres ganzen Wesens; sie drängte die Hausgenossen, sich zu Bette zu begeben, und war dies endlich geschehen und die Türe ihres Schlafgemaches hinter ihr verriegelt, dann hörte man sie stundenlang in der toten Stille der Nacht auf und nieder gehen, bald laute Selbstgespräche führen, bald herzzerreißend schluchzen und wimmern, um dann morgens in todesähnlicher Erschöpfung zusammenzubrechen. Nach zwei Jahren solcher Lebensweise verriet endlich die zum Schatten abgemagerte Gestalt, die unheimliche Glut der tief eingesunkenen Augen, die Fieberröte der hohlen Wangen nur zu deutlich, daß der Körper der nie ruhenden Folterqual der Seele erliege. Gleichwohl wies sie alle ärztliche Hilfe zurück und setzte das Tagewerk ihrer Buße fort, ja sie schien sich ihrer zunehmenden Schwäche in demselben Maße zu freuen, als die um das Leben der Mutter besorgte Ambrosia darüber verzweifelnd sich abhärmte. In ihrem kindliche Angstgefühl hatte diese letztere, um der Mutter näher zu sein, längst ihre Schlafstätte aus dem oberen Stockwerke in das Erdgeschoß zu verlegen gewußt, und eines Tages, als sie eben bekümmert, weil die Mutter den Tag über sich matter und hinfälliger als sonst gezeigt hatte, ihr Nachtgebet verrichtend auf den Knien lag, scholl ein gellender Schrei aus dem Schlafgemache der Kranken zu ihr herüber. Entsetzt und halb besinnungslos emporfahrend flog sie die Hausflur entlang, auf jenes Gemach zu, dessen Türe, obgleich verschlossen, dem Andrange ihrer jugendliche Kraft nachgab, und sie bei dem Scheine einer verglimmenden Nachtlampe die Mutter in dem holzgetäfelten Klosette an der Schwelle der halbgeöffneten geheimen Wandtüre bewußtlos auf dem Estrich hingestreckt erblicken ließ. Als Ambrosia jedoch erschrocken zu ihr sich niederbeugte, und sie nach Hilfe rufend in die Arme faßte, kehre die Bewußtlose alsbald ins Leben zurück: »Stille, stille!« sagte sie, indem halb wahnsinniges Lächeln um ihre Lippen spielte, »niemand darf wissen, daß Carlo hier war! Morgen kommt er mich abzuholen! Stille, stille!« und damit sich emporrichtend, wankte sie auf die geheime Türe zu, drückte sie wieder ins Schloß und ließ sich dann von der Tochter nach ihrem Lager geleiten. Zur Ruhe gebracht, hieß sie Ambrosia auf ihrem Bette sich hinsetzen und zog nach Jahren zum ersten Male die in Tränen zerfließende Tochter wieder liebkosend und zärtlich umschlingend in ihre Arme. »Nun sei der Fluch von ihr genommen,« sagte sie, »nun dürfe sie alles wissen, was sie verschuldet, wie sie gebüßt.« Und nun wie zwei Liebende Wange an Wange gelehnt, erzählte sie Ambrosien, was ihr bisher verborgen geblieben, wie es mit dem geheimen Gange, mir Carlos Flucht sich verhalte. In diesen Gesprächen brachten sie die Nacht hin; gegen Morgen hieß die Kranke die seit Jahren verschlossenen Fensterläden öffnen und freute sich des Sonnenscheins, der auf dem Estrich spielte. So ging ihr, stündlich schwächer werdend, aber ruhig, und der Schimmer himmlischen Friedens über ihr Antlitz verbreitet, bald wie im Schlummer hinliegend, bald Liebesworte mit der Tochter wechselnd, der Tag hin. Mit dem Einbruche der Nacht betete sie lange inbrünstig und ermahnte die Tochter eindringlich, immer Recht zu tun, welche Opfer es ihr auch koste und was auch daraus werden möge! Als aber die Mitternacht heranrückte, ward sie unruhig, fragte nach der Uhr, horchte nach dem Klosett hin, plötzlich aber mit strahlendem Antlitz und leuchtenden Augen sich aufrichtend: »Da ist er!« rief sie; »ich komme, ich komme!« und sank selig lächelnd und selig entschlafen zurück.

Der Tod ihrer Mutter war für die nun ganz verwaiste Ambrosia ein schwerer Verlust. Wenn schon die tiefe Stille, die dumpfe Trauer, unter deren Druck die frisch heranblühende Jungfrau gerade die ersten Frühlingsjahre ihres Lebens in dem finsteren stummen Hause an der Veronabrücke zubrachte, einen grauen Schleier über ihre Jugend geworfen hatte, so mußte dieser neue herbe Schlag das letzte frohe Aufwallen jugendlicher Gefühle in Ambrosias Herzen ersticken. Dafür hatten ihr diese trüben, bangen Jahre andere reiche Früchte getragen: Geduld und Selbstverleugnung, und ein fester, leidensstarker Wille waren in ihr herangereift; ihr heller, klarer Verstand, nicht eitlem Traum und vergänglichem Flittertand, sondern notgedrungen dem Ernst des Lebens zugewandt, hatte sie letzteres frühzeitig als Arbeit, nicht als kindisches Spiel begreifen, hatte sie Pflichten erkennen und erfüllen gelehrt, und als nur erst die allmächtige Zeit Balsam in die frische Wunde ihres Herzens geträufelt hatte, so zeigte sich alsbald, zwar nicht fröhlicher Mutwille und jugendliche Schalkhaftigkeit, aber so innige Anmut, so heiterer Ernst und solche jungfräuliche Würde über das achtzehnjährige Mädchen ausgebreitet, daß der siegende Eindruck ihres geistigen Wesens den ihrer blendenden Schönheit noch bei weitem übertraf. Ambrosia bedurfte aber auch dieser Seelenstärke und Geisteshoheit, um der Ungunst der Verhältnisse, die auf sie einstürmten, die Stirne bieten zu können; denn nicht bloß das Gefühl ihrer Verlassenheit und der Trauer um ihre lieben Toten, auch die Sorge für die Erhaltung des geringen Nachlasses ihrer Eltern, den verwickelte, noch vom Vater her ererbte Rechtsstreite und ungeduldig mahnende Gläubiger zu verschlingen drohten, und tausend kleine, aber darum nicht minder empfindliche Entbehrungen bedrängten die verwaiste Ambrosia. Gleichwohl verschmähte sie, auf den Antrag ihres Vormundes, eines Vetters ihrer Mutter, einzugehen und in seinem Hause ihren Aufenthalt zu nehmen, sondern zog es vor, in Gesellschaft einer entfernten Verwandten ein paar bescheidene Stübchen in dem oberen Stockwerke des ihr nun als Erbe zugefallenen Hauses an der Veronabrücke zu beziehen, indem sie in weiser Fürsorge für die Ordnung ihrer Vermögensverhältnisse, obwohl mit schwerem Herzen, den Rest des Hauses zu vermieten beschloß. Das abgelegene und namentlich von S. Marco ziemlich weit entfernte Haus war jedoch lange Zeit durchaus nicht zu verwerten und Ambrosias Gläubiger drangen schon auf dessen Verkauf, als sich für dasselbe ganz unerwartet ein Mieter, und zwar in der Person des Messer Ruggiero Malgrati, eines alten Kriegsmannes, fand, der seit vielen Jahren mit Ambrosias Vater in Geschäftsverbindungen gestanden und während seiner seltenen Besuche in Venedig in dessen Hause Aufnahme und Gastfreundschaft gefunden hatte.

Messer Ruggiero Malgrati war der Sprößling eines der angesehensten Adelsgeschlechter der venetianischen Terra ferma, dessen bedeutende, meist in Friaul gelegene Güter, in ein Majorat vereinigt, dem Erstgeborenen zufielen, während die jüngeren Söhne sich mit geringen Jahrgeldern begnügen mußten. Ruggiero, der Zweitgeborene von drei Brüdern, die nach dem frühen Tode ihres Vaters unter der Vormundschaft einer kränklichen, in blinder Vorliebe für ihren Erstgeborenen eingenommenen Mutter heranwuchsen, hatten von frühester Kindheit an sich zwar gutmütig und selbst weichherzig, dagegen aber auch wild, unbändig heftig und störrisch bewiesen. Jede Beschränkung seines Willens erschien ihm als eine unerträgliche Last, deren er sich durch den äußersten Widerstand, oder wenn sein Starrsinn auf unüberwindliche Hindernisse stieß, durch Verschlagenheit und List um jeden Preis zu entledigen bemüht war. Dazu kamen noch Anfälle wunderlicher Launen und ein unbezwinglicher Trieb nach dem Seltsamen und Abenteuerlichen, Eigentümlichkeiten, die ihm bei den Hausgenossen den in Italien geläufigen Beinamen eines mezzo matto erwarben und in Verbindung mit der Ungunst seiner häuslichen Verhältnisse zuletzt dahin führten, daß Ruggiero nach einem heftigen Streite mit seinem älteren Bruder und der für ihn Partei nehmenden Mutter, kaum fünfzehnjährig, heimlich dem Vaterhause entlief. Nachdem er sich jahrelang, erst mit einer Zigeunerbande, dann mit fahrenden Schülern, dienstlosen Söldnern und zuletzt in den Gebirgstälern Piemonts unter den Waldensern herumgetrieben hatte, wurde er zufällig von einem Waffenbruder seines Vaters erkannt, dem Elend und völliger Verwilderung entrissen und zum Eintritt in eine in spanischem Solde stehende Freischar bewogen. Der Fahne treu, zu der er geschworen, und durch Mut, Gewandtheit und Todesverachtung sich bald zu einem der gefürchtetsten Streifparteiführer des spanischen Heeres emporschwingend, focht er die Schlachten bei Marignano und Pavia mit, wohnte der Eroberung Roms bei, nahm später, durch seinen abenteuerlichen Sinn in die neue Welt verlockt, an dem Siegeszuge Pizarros nach Peru, bald aber wieder nach Europa zurückgekehrt, an den Kriegsfahrten Karls V. gegen Algier und Tunis teil und diente zuletzt als einer der geschätztesten Hauptleute des Herzogs von Alba im spanischen Heere in den Niederlanden. Über sechzig Jahre alt und, obwohl ein Graukopf, noch rüstig und geistesfrisch, bestimmte ihn zuletzt eine in der Schlacht bei S. Quentin empfangene schwere Wunde um so mehr, den Kriegsdienst zu verlassen, als zur selben Zeit der Tod seines älteren, unvermählt gebliebenen Bruders ihn zur Übernahme der Familiengüter in die Heimat berief.

Dies war der Mann, der, nach dem Antritte seines Erbes und einem flüchtigen Besuche auf den ihm zugefallenen Besitzungen, Venedig einstweilen zu seinem Aufenthalte erwählend, nunmehr ein willkommener Mieter, das Haus an der Veronabrücke bezog, ohne daß jedoch dessen weite dunkle Räume eben viel an Geräusch und Bewegung gewonnen hätten. Abgesehen von den Nachwehen der Beschwerden seiner Kriegszüge, die ihm mit zunehmendem Alter immer peinlicher fühlbar wurden, war es vor allem das unbehagliche Gefühl völliger Untätigkeit nach einem so vielfach bewegten Leben, was ihn um so mehr verstimmte, als seine Jahre und die immer sorgfältigere Pflege, die seine zerhackten Glieder erheischten, ihn verhinderten, sonst gewohnten Zerstreuungen so rücksichtslos wie früher nachzugehen. Unschlüssig zwischen der bisherigen wüsten Hagestolzenwirtschaft, die er nicht mehr durchführen, und der Alltagsordnung eines bürgerlichen Haushaltes, an die er sich nicht gewöhnen konnte, hin und her schwankend, war er kränklich und grämlich geworden, und da ihm überdies die Übernahme des reichen, aber nicht eben wohlgeordneten Nachlasses seines Bruders viel Kopfzerbrechen verursachte, so wurde es ihm erst zur Erholung, allgemach aber zum Bedürfnis, ab und zu eine Stunde in der Gesellschaft Ambrosias, seines »Hausmütterchens« oder auch seines »Püppchens«, wie er die Tochter seines alten Freundes Angelo zu nennen pflegte, hinzubringen und von der sicheren, ernstheiteren Haltung des jungen Mädchens halb angezogen, halb zu Neckereien aller Art angeregt, Verdruß und Ärger sich wegzuplaudern. Dabei lernte er Ambrosias hohe Vorzüge, ihre stille Heiterkeit, ihren klaren Verstand, den frischen Lebensmut, mit dem sie in alle Schwierigkeiten ihrer Lage sich zu finden wußte, täglich mehr erkennen und schätzen, und wenn er bedachte, wie er ohne Freunde einsam und allein im Leben stehe, und eigentlich keine andere Aufgabe habe, als die Besitzungen seiner Familie nicht sowohl zu genießen, als vielmehr nur zu verwalten, um sie dereinst dem einzigen Verwandten, den er noch habe, seinem Neffen Anselmo zu vererben, so konnte er sich nicht verhehlen, um wieviel besser er daran wäre, wenn er, statt wie ein im Wirbelumschwung gedrehter Kreisel ziellos in der Welt umherzuirren, in jungen Jahren geheiratet, sich Haus und Heimat begründet hätte, und nun etwa eine gute, schöne, mit jedem Reiz der Jugend und Anmut geschmückte Tochter besäße, wie Ambrosia. Ja, wenn er den Fortbestand seines Hauses, der nur auf ihm und seinem Neffen Anselmo beruhte, in Erwägung zog und die schwächliche Gesundheit dieses letzteren ins Auge faßte, der von seinem jüngeren Bruder auf seinem Sterbebette ihm zur Obhut und Pflege übergeben, zu jener Zeit zu Udine bei einem Verwandten seiner Mutter erzogen wurde, aber, nach dem Zeugnis seiner Pflegeeltern mehr dem Grabe als jugendkräftiger Entwicklung entgegenreifte, so wollte es ihm zuzeiten beinahe als Pflicht erscheinen, selbst jetzt noch in seinem vorgerückten Alter in den Stand der Ehe zu treten, und wenigstens alles, was an ihm läge, aufzubieten, damit das edle Geschlecht der Malgrati nicht erlösche und ihr Besitztum nicht an die verhaßte Seitenlinie der Diedi falle.

So waren Monate hingegangen, die Messer Ruggiero nicht ohne wechselnde Gemütsbewegungen und rasche Übergänge von Mißmut zu derber Fröhlichkeit, von jähem Aufbrausen in wildem Zorn zu gedankenvollem Trübsinn hinbrachte, als eines Tages der Pfarrherr von Santa Maria Zobenigo, der bewährte Freund der Eltern und der Gewissensrat ihres verwaisten Kindes, in Ambrosias Stübchen trat. Nach einer weltläufigen und salbungsreichen Auseinandersetzung: wie der Mensch bei jedem wichtigen und erfolgreichen Schritte auf seinem Lebenspfade nicht sowohl weltliche Rücksichten und irdische Vorteile, als vielmehr zunächst und vor allem sein Seelenheil in Betracht zu ziehen und hiernach seine Beschlüsse zu fassen habe, eröffnete er dem befreundeten Mädchen, Messer Ruggiero Malgrati, ihr Mietsmann, habe in ehrbarer, fromm christlicher Absicht sein Auge auf sie geworfen und wünsche, wenn er anders auf ihre Zustimmung rechnen könne, bei ihrem Vormund um ihre Hand zu werben. Als Ambrosia aber auf diese unerwartete und fast märchenhaft klingende Nachricht zwar sichtlich überrascht, aber ohne alle Verwirrung emporblickte und ihre großen Augen verwundert und halb ungläubig auf den Pfarrherrn heftete, beeilte sich dieser zuletzt hinzuzusetzen, er habe den Auftrag, ihre Willensmeinung zu ergründen, nicht ohne den ausdrücklichen Vorbehalt übernommen, ihr gleichzeitig beides, sowohl was für, als was gegen den Antrag spreche, gewissenhaft und ausführlich darlegen zu dürfen. Hierauf begann er denn auch alsbald, Vorzüge und Mängel wie auf die zwei Schalen einer Wage verteilend, auf der einen Seite die hohe Geburt Malgratis, sein bedeutendes Vermögen, den Kriegsruhm, den er sich erworben, sein gerades, biederes Wesen und die ihm angeborene Gutmütigkeit hervorzuheben, auf der anderen aber auf die dem alten Kriegsmanne zur Gewohnheit gewordene Rauheit und Derbheit, auf die Ungleichheit seiner oft seltsam wunderlichen Launen, auf seinen furchtbaren Starrsinn, auf seine durch beschwerlichen Kriegsdienst und zahlreiche Wunden erschütterte Gesundheit, vor allem aber auf das vorgerückte Alter des Freiers hinzuweisen, welches letztere den gerechten Ansprüchen ihrer eigenen Jugend so wenig Befriedigung verheiße, daß eine übereilte Zusage in späteren Jahren ihrem Herzen gefährliche Kämpfe bereiten, ihren Ruf gefährden, ja sie um ihr Seelenheil bringen könne. Ambrosia, die dieser Erörterung, langsam eine Rose zerpflückend, mit gesenkten Blicken schweigend zuhörte, erhob bei dieser letzten Wendung zwar hocherrötend, aber nichts weniger als verlegen und betroffen, ihr Haupt und erwiderte dem Pfarrherrn, sie zähle zwar nur wenig Lebensjahre, aber was Jugend sei, habe sie bis jetzt noch nicht erfahren, begehre auch nicht es zu wissen, noch weniger die ihr von dieser Seite her zustehenden Ansprüche geltend zu machen; der Anspruch, den das Leben an uns alle stelle, heiße Pflichterfüllung, und diesem Anspruch hoffe sie zu jeder Zeit gerecht zu werden; sie werde daher weder jetzt noch jemals unüberlegt eine Verpflichtung eingehen, weshalb sie denn auch ihre Entschließung über Messer Ruggieros Antrag erst nach dreitägiger Bedenkzeit zu fassen, dann aber ihrem Freier unmittelbar selbst mitzuteilen gedenke, womit sie den Pfarrherrn, nachdem sie sich zur gewissenhaften Erwägung seiner Mitteilung seinen Segen erfleht hatte, entließ und sich in ihr Schlafgemach zurückzog.

Als Messer Ruggiero, der die anberaumten drei Tage in kaum geringerer Aufregung verlebt hatte, als den Abend vor seiner ersten Schlacht, am Morgen des vierten vor Ambrosia erschien, trat ihm diese errötend, aber heiter lächelnd entgegen, und nachdem er in seinem gewohnten Lehnstuhl verwirrt und verlegen Platz genommen und mit fast schüchterner Beklommenheit seine Werbung er-

neuert hatte, erwiderte sie, sie habe alle Freuden, die andere Mädchen in ihrem Alter genössen, entbehren müssen und sich ohne
Klage, ja ohne alles Bedauern diesem Schicksale unterworfen, nur
das eine habe sie nie verwinden können, daß sie nicht der Eltern
letzte Lebenstage durch ihre Pflege versüßend, ihnen ein sorgloses,
fröhliches Alter bereiten, und in dem Bewußtsein, zu ihrem Glücke
beigetragen zu haben, ihr eigenes höchstes Lebensglück habe finden
dürfen. Seine Werbung eröffne ihr die Aussicht, dies liebste Ziel
ihrer Wünsche erreichen und was der frühzeitige Tod ihrer Eltern
an ihnen zu üben sie verhindert, an ihm, dem alten Freunde ihres
Hauses, verwirklichen zu können. Geld und Gut besitze sie nicht,
die Blüte ihrer Jugend sei vergänglich, aber wenn er sie würdig
erachte, als seine Hausfrau durch treue Teilnahme seine Freuden zu
mehren, sein Leid zu mindern, sein Alter zu pflegen und zur Erhei-
terung seines Lebens beizutragen, so fühle sie sich durch seine Wahl
nicht nur geehrt, sondern hochbeglückt, denn nur den achte sie für
glücklich, der nützen, lieben, beglücken könne. Mit diesen Worten
reichte sie Messer Ruggiero die kleine Hand, die dieser bis zu Tränen gerührt mit Begierde ergriff und mit tausend Küssen bedeckte.
Nach dieser Erklärung fand sich alles übrige von selbst und ehe drei
Wochen ins Land gingen, war Ambrosia die Gemahlin Messer Ruggieros, der sie auf den Händen trug, sie mit Geschenken aller Art
überhäufte und in dem Widerschein ihrer Jugend sich selbst zu
verjüngen schien. Dabei hatte er jedoch, sei es, daß er das Gespötte
der Welt scheute, sei es, daß er sein junges Glück so recht für sich
allein genießen wollte, gleich bei seiner Vermählung beschlossen,
die nächsten Jahre auf seinen Gütern zu verleben, und so rückte
denn für Ambrosia bald die Stunde heran, in der sie dem alten
Hause an der Veronabrücke, das nun nach der Befriedigung der
Gläubiger ihrer Eltern erst ganz ihr eigen war, den Rücken zukeh-
ren sollte. Am Tage der Abreise durchwandelte sie noch einmal die
wohlbekannten, für sie mit so vielen traurigen Erinnerungen erfüllten Räume, und in die Gemächer des Erdgeschosses gelangt, in
denen ihre Mutter ihre letzten Leidensstunden verlebt hatte, fühlte
sie sich von solcher Rührung überwältigt, daß sie nahe daran war,
dem sie zärtlich besorgt in seine Arme schließenden Gatten das
Geheimnis des verborgenen Ganges und des Verderbens, das er
über ihre Lieben gebracht, mitzuteilen. Allein das Bedenken: ohne
Not zu offenbaren, was sie einen Fehltritt ihrer Mutter nennen muß-

te, hielt sie davon ab, und Ruggiero, begierig den für Ambrosia so schmerzlichen Abschied von ihrem Vaterhause möglichst abzukürzen, zog sie hastig zu der Gondel fort, die mit vier Ruderern bemannt, sie raschen Fluges die Lagunen entlang nach Westen hinübertrug.

Es waren schöne, ungetrübt heitere Tage, die Messer Ruggiero damals auf seinem fürstlichen Landsitze an der Seite seiner jungen, blühenden Gemahlin im Vollgenuß und im Vollbewußtsein seines Glückes verlebte. Auch konnte es nicht fehlen, daß der Reiz und die Anmut Ambrosias, die heitere Würde ihrer Haltung, die ihrem Gatten das zwischen ihnen bestehende Mißverhältnis der Jahre niemals fühlbar werden ließ, daß vor allem die Hoheit ihres Geistes und die sanfte Milde ihres innersten Wesens einen äußerst wohltätigen Einfluß auf Ruggieros Gemüt ausübten; allein auch Ambrosia gewann mit jedem Tage mehr Neigung und Vertrauen zu ihrem greisen Gemahl, und wenn sie für ihn auch nie eine Neigung leidenschaftlicher Hingebung empfand, die überhaupt ihrem Wesen ganz fremd zu sein schien, so vergoldete sie doch seine Herbsttage mit dem milden Sonnenschein der ehrfurchtsvollen Zärtlichkeit einer Tochter und umgab sein graues Haupt mit allen Beweisen der aufopfernden Fürsorge und Treue einer Schwester. Die Hoffnung auf Kindersegen war in dieser ungleichen Ehe zwar unerfüllt geblieben; allein ihre Erfüllung erschien für die Fortpflanzung des edlen Stammes der Malgrati nicht mehr so unerläßlich, als dies noch vor kurzem der Fall gewesen, indem Anselmo, der kränkliche und scheinbar hoffnungslos hinwelkende Neffe Ruggieros, binnen Jahresfrist zu einem frischen, derben Burschen aufgeschossen war und in Fülle der Gesundheit und Kraft der Fortsetzung seiner Studien auf der Hochschule zu Padua oblag. So trübte von keiner Seite her auch nur ein Wölkchen die tiefinnere Befriedigung, in der Ruggiero seine Tage verlebte, und die, wie er selbst dankbar gestand, bei weitem alles übertreffend, was er bisher so genannt hatte, ihm keinen Wunsch, nur die Frage an das Schicksal übrig ließ: ob ein so reiches Glück auch Dauer und Bestand haben werde? eine Frage, die nur zu bald verneinend beantwortet werden sollte.

Die Gesundheit des alten Kriegsmannes, durch Ruhe und Landluft scheinbar gekräftigt, im stillen aber vielleicht eben durch den zu raschen Übergang von einem Leben voll Anstrengung und Beschwerden in einen Zustand völliger Untätigkeit erschüttert und untergraben, schien nämlich plötzlich erst vorübergehenden, bald aber vielerlei ernsten und immer bedenklicher auftretenden Störungen erliegen zu wollen; alte Wunden begannen aufzubrechen, und nachdem böswillige Fieber monatelang ihre Heilung verzögert hatten, drohten wütende Anfälle von Gicht und Zipperlein vollends aufzuzehren, was Schüttelfrost und Fieberhitze dem Kranken an Lebenskraft noch übrig gelassen hatten. Nur der unermüdeten Pflege Ambrosias, der treuen Sorgfalt, mit der sie jede Regung des Kranken bewachte, jedem seiner Bedürfnisse entgegen kam, nur dem Übergewicht, das sie allein den Ausbrüchen seiner Ungeduld, dem Aprilwetter ähnlichen Wechsel seiner Laune gegenüber zu behaupten wußte, hatte Ruggiero es zu verdanken, daß er von dem Krankenlager wieder erstand, an das ihn schweres Siechtum mondelang gefesselt hielt. Der beste Teil seiner Kraft war gleichwohl unwiederbringlich dahingeschwunden; der rüstige, in allen seinen Bewegungen rasche, stets drall und aufrecht einherschreitende Graukopf, war zum kahlköpfigen, gebückt am Stabe hinschwankenden Greise geworden, und was noch schlimmer war, wie der Körper seine Spannkraft, so hatte auch sein Geist das kaum durch Ambrosias Einfluß gewonnen Gleichgewicht eingebüßt, und Launenhaftigkeit, grämlicher Mißmut und wild aufbrausender Jähzorn gewannen wieder ihre alte Herrschaft über Ruggieros Gemüt. Ambrosia konnte unter diesen Umständen die Fortsetzung ihres Landaufenthaltes bei der gänzlichen Vereinsamung, die er namentlich in den Wintermonaten ihnen auferlegte, für den Seelenzustand ihres Gemahls nicht mehr für zuträglich erachten, und sparte daher keine Mühe, ihn zur Rückkehr nach Venedig zu bewegen, wo Zerstreuungen aller Art Gelegenheit darboten, die krankhafte Aufregung seines Geistes nach außen hin abzuleiten. In dieser Ansicht und in diesen Bestrebungen wurde sie ganz unerwartet durch die übeln Nachrichten bestärkt, die um diese Zeit aus Venedig von dem Neffen Ruggieros einliefen, der nach Beendigung seiner Studien diese Stadt zum Schauplatz seiner Taten erwählt hatte und daselbst Beweise so bodenlosen Leichtsinns, so wahnsinniger Verschwendung lieferte, als ob er alle Lebenslust, um die ihn seine Schwäche und

Kränklichkeit in früheren Jahren gebracht hatte, nun auf einmal im Zeitraum weniger Monate hätte einbringen wollen. Wenn nun auch bei dieser Lebensweise des jungen Mannes und bei dessen gleichmäßigem Losstürmen auf seine Gesundheit wie auf seinen Beutel die erstere für den Augenblick sich eisern und unzerstörbar bewies, so war doch aus dem letzteren gar bald der letzte Rest des kargen, väterlichen Erbes in die Lüfte hingeschwunden. Der tolle Wüstling stürzte sich nun den Kopf vor, in sinnlose Schulden, und es fanden sich Geldmäkler und Wucherer genug, die ihm für schwere Zinsen und auf den Namen des reichen Oheims hin bedeutende Summen vorstreckten; da aber die geborgten Beträge niemals berichtigt, die bedungenen Abschlagszahlungen niemals eingehalten, und im Gegenteil Woche für Woche neue Schulden der Reihe der alten hinzugefügt wurden, so kam es endlich dahin, daß Messer Ruggiero von beiden Teilen, von dem verschwenderischen Neffen mit den flehentlichen Bitten, von dessen beunruhigten Gläubigern mit der Drohung, den letzten Sprossen des Hauses Malgrati in den Schuldturm werfen zu lassen, um seine Vermittlung in dieser Angelegenheit, das heißt, um Bezahlung der Schulden Anselmos bestürmt wurde. Ambrosia hatte die ersten Forderungen dieser Art bei ihrem Gemahl befürwortet und unterstützt; als dieselben aber sich immer wieder erneuerten, und die Sache immer ernster sich anließ, benützte sie diese Wendung der Dinge als einen Hebel mehr, um Ruggiero zur Rückkehr nach Venedig zu bewegen, der denn auch mit minderem Widerstreben, als sie erwartet hatte, zuletzt ihrem Wunsche entsprach.

Nach Venedig zurückgekehrt, bezog Messer Ruggiero mit seiner Gemahlin ein wohnliches, am Canal grande gelegenes Haus, das er vor kurzem erkauft und fürstlich eingerichtet hatte. Die nächste Veranlassung zu diesem Schritte lag allerdings in dem Wunsche, künftig einen belebteren Stadtteil zu bewohnen und Ambrosien die schmerzlichen Empfindungen zu ersparen, die sie bei der Heimkehr in das alte finstere Haus an der Veronabrücke bestürmt haben würden! allein auch der längst im stillen in Ruggiero herangereifte Entschluß, dieses letztere einem andern Zwecke zu widmen, war hierbei nicht ohne Einfluß geblieben. Ruggiero nämlich hatte von dem Augenblicke an, als der früher schwächliche und scheinbar dem Tode verfallene Anselmo zum lebenskräftigen Jüngling sich entwickelt hatte, seine eheliche Verbindung mit Ambrosia gewissermaßen als ein seinem Neffen zugefügtes Unrecht empfunden, da ein aus dieser Ehe hervorgegangener Sohn denselben um den Besitz der Familiengüter gebracht haben würde. Dieses Ereignis war zwar bisher nicht eingetreten, da jedoch Ruggiero gleich bei seiner Verehelichung darauf bedacht war, dereinst seiner Witwe ein ansehnliches Vermögen zu sichern, und alle von seinem Bruder ihm zugefallenen Kapitalien und Schuldforderungen hierzu gewidmet, ja selbst zu diesem Behufe einen Teil der Familiengüter belastet hatte, wodurch seinem Neffen auch im besten Falle immerhin ein nicht unbedeutender Teil seines dereinstigen Nachlasses entging, so hielt er sich um so mehr für verpflichtet, demselben nicht nur in seiner gegenwärtigen Bedrängnis zu Hilfe zu kommen, sondern auch dafür zu sorgen, daß er sobald als möglich und für immer dem Taumel wüster Schwelgerei entrissen werde. In dieser letzteren Beziehung erschien dem Gemahl der schönen Ambrosia, der des veredelnden Einflusses recht wohl sich bewußt war, die seine Ehe auf sein eigenes Gemüt geübt hatte, kein Mittel so zweckmäßig und sicher zum Ziele führend, als das eine, seinen Neffen durch eine glückliche Heirat gleicher Vorteile teilhaftig zu machen, und kaum hätte Ruggiero zur Rückkehr nach Venedig sich wo willfährig gezeigt, wenn nicht der Wunsch, Anselmo zu einem eigenen Haushalte zu verhelfen und ihm zu diesem Behufe das Haus an der Veronabrücke einzuräumen, die Bitten Ambrosias so nachdrücklich unterstützt hätte.

Ruggiero fand jedoch zu Venedig, woselbst er, kaum angekommen, unverzüglich die Herstellungsarbeiten in dem Hause an der Veronabrücke in Angriff nehmen und mit allem Eifer betreiben ließ, die Lage der Dinge wesentlich verändert und seinen Neffen viel weniger geneigt, auf die wohlgemeinten Vorschläge des Oheims einzugehen, als dieser erwarten durfte. Anselmo hatte in seiner Bedrängnis sich den damals in Venedig eben eingebürgerten Glücksspielen, die mit Würfeln oder mit Karten mitunter auf offenem Markte betrieben wurden, um so rücksichtsloser hingegeben, als der Zufall seine ersten Schritte auf dieser Bahn so entschieden begünstigte, daß er nicht nur seinen dringendsten Gläubigern gerecht werden konnte, sondern auch noch Mittel fand, seine Stellung als den Mittelpunkt eines Haufens gleichgesinnter junger Patrizier und der ihn, wie Rabe und Geier den verendenden Hirsch, umkreisenden Schar wüster Raufbolde, falscher Spieler und anderer Glücksritter auf das glänzendste zu behaupten. Vergebens führte Ruggiero dem verwilderten Burschen erst in ruhiger Milde, später mit immer zunehmender, bis zum Zorne gesteigerter Heftigkeit zu Gemüte, wie wenig auf die Laune des Glückes zu rechnen, wie Spielgewinn nur der Lockvogel der Hölle und der Vorbote sicheren Verderbens sei; vergebens beschwor er ihn, seiner edlen Abkunft, seines guten Leumundes, seines redlichen Vaters zu gedenken, dessen Namen er noch im Grabe schände: er predigte tauben Ohren, ja im Taumel des Glücks, das ihn damals wie sein Schoßkind auf den Armen trug, wagte der lockere Geselle den greisen, wohlmeinenden Oheim mit Redensarten wie: Jugend habe keine Tugend! Junger Wein müsse gären! Glück sei wie Eisen und müsse geschmiedet werden, solange es warm wäre! abzufertigen, oder wohl gar hinzuwerfen: Es ertrinke nicht gleich jeder, der ins Wasser gehe, und wessen Hilfe man nicht begehre, der möge nur mit seinem Rate haushalten! Ließ aber Ruggiero ab und zu den Wunsch durchblicken, ihn verheiratet und in der Stille eines geregelten Hauswesens wie in einem sichern Hafen geborgen zu sehen, so war vollends der Spöttereien kein Ende. Ob ihn des armen Gänschens nicht daure, frug er, das er jetzt in seine Krallen zu liefern gedächte? Warum er so eile? Noch in zwanzig Jahren würde sich irgendein frommer Unschuldsengel mit den Resten seiner Jugend hochbeglückt fühlen! Es gehe ihm mit der Ehe wie mit dem Geflügel; für jetzt ziehe er wilde Zugvögel dem zahmen Federvieh vor; er schätze übrigens auch ehrbare Frauen, wie sie es verdienten, aber für seinen Bedarf genügten einstweilen die seiner Freunde! Ruggiero, durch solche Äußerungen aufs tiefste verletzt und erbittert, war nach manchem heftigen Wortwechsel im wilden Ausbruch seines Zornes nahe daran gewesen, die Herstellungsarbeiten in dem Hause in der Veronabrücke einzustellen und von seinem ungeratenen Neffen für immer sich loszusagen, doch Ambrosias begütigende Fürsprache und die sichere Hoffnung, Anselmo, wenn nur sein Spielglück einmal umschlüge, nachgiebiger zu finden, hielt ihn bei seinem Vorsatze fest.

In der Tat rechtfertigte der Erfolg nur zu bald seine Erwartungen: die Würfel, die so lange und beharrlich für Anselmo gefallen waren, begünstigten plötzlich mit derselben Beharrlichkeit seine Gegner, und der verwegene Spieler, der dem Glück seine früheren freiwilligen Gaben nun mit Gewalt abtrotzen wollte, geriet bald aufs neue und um so tiefer in die alte Bedrängnis, je länger sein Stolz sich sträubte, vor dem früher verspotteten Oheim sich zu demütigen und seine Hilfeleistung in Anspruch zu nehmen. Zuletzt mußte der saure Schritt denn doch getan werden; gleichwohl verweigerte Anselmo auch dann noch, auf die Heiratspläne des Oheims einzugehen; er sei noch zu jung, sagte er, in den Sarg Ehebett verschossen und in die Totengruft Häuslichkeit versenkt zu werden; niemand lasse sich gerne lebendig begraben, und wenn er schon jetzt die größte aller Torheiten beginge, welche blieben ihm im reiferen Alter noch zu begehen übrig! Ruggiero jedoch, der die mißliche Lage Anselmos diesmal besser zu benützen und dem Trotzkopf seine Abhängigkeit von der Großmut seines Oheims allmählich begreiflich zu machen beschlossen hatte, stellte sich erst an, als ob er mit den Angelegenheiten seines Neffen durchaus nichts mehr zu schaffen haben wollte, gab ihm dann bei dessen erneutem Andringen zu erwägen, wie oft er ihm bereits seine hilfreiche Hand geboten hätte, und von welchem Erfolge seine Bemühungen gewesen wären, beklagte sich dabei bitter über den Leichtsinn, mit dem er seine Ratschläge und Ermahnungen mißgeachtet hätte, versprach endlich widerstrebend und widerwillig, zu helfen, und tat es auch, aber erst auf wiederholte Mahnungen und auch dann noch kärglich und ungenügend, so daß die Bitten immer wieder erneuert und die Gewährung mit der Hinnahme neuer Ratschläge und Zurechtweisungen erkauft werden mußte. Dieses Verfahren aber, statt wie Ruggiero gehofft hatte, den Starrsinn Anselmos zu beugen, hatte nur die Wirkung, den ohnehin durch die Schwierigkeit seiner Lage gereizten und an und für sich sehr hochfahrenden jungen Mann vollends zu erbittern und zu noch frecherer Unverschämtheit aufzustacheln.

Was er bisher von dem Wohlwollen des Oheims erfleht hatte, begann er nunmehr als eine Forderung der Billigkeit, ja des Rechtes in Anspruch zu nehmen. Was er verlange, wäre nichts als ein Vorschuß von seinem künftigen Erbe; denn er, das werde sein Oheim nicht leugnen, sei nach seinem Tode sein Nachfolger im Besitze der Familiengüter! Ob er ihm diese Abschlagszahlung verweigern, ob er ihm auf die Gefahr hin, Schimpf und Schande auf das Wappenschild der Malgrati zu häufen, vorenthalten wolle, was er doch nicht mit sich ins Grab nehmen könne? Ob er auch noch dieses Unrecht auf sich laden wolle? Ob er nicht einsehe, daß er ihn ohnehin, durch das Vermögen, das er im voraus für seine Witwe ansammle, empfindlich genug beeinträchtige, und ob er nicht gutzumachen gedenke, daß er ihn eigentlich ganz und gar um Erbe, um Zukunft und Leben betrogen und bestohlen haben würde, wenn nicht der Himmel, weiser und gerechter als ein altersschwacher verliebter Graubart, ihn seinerseits um die Hoffnung des Kindersegens aus seiner törichten Ehe betrogen, und auf diese Weise ihm, dem Neffen, erhalten hätte, was von Gottes und Rechts wegen sein wäre!

Ruggiero, von diesen Worten wie mit einem Keulenschlage getroffen, würde sie zu jeder andern Zeit mit der ganzen rasenden Wut lang zurückgehaltenen, aber endlich Dämme und Schleußen durchbrechenden Zornes beantwortet haben; allein durch den hartnäckigen Widerstand Anselmos auf die Erreichung seiner Zwecke immer erpichter geworden, und begreifend, daß hier nur hartnäckige Ausdauer, nicht übersprudelnde Hitze siegen könne, unterdrückte er mit riesiger Anstrengung das Aufwallen seines wildempörten Blutes und erwiderte gelassen und ruhig: Gott, der Anselmo so gnädig für die Zukunft erhalten, was sein wäre, werde in seiner Weisheit wohl auch die Mittel finden, ihn seiner gegenwärtigen Bedrängnis zu entziehen; er seinerseits gedenke, was für den Augenblick unleugbar sein eigen sei, einstweilen auch ausschließlich für sich zu behalten, statt es ebensogut wie in den Schlamm der Lagune in den Pfuhl so unerhörten Leichtsinns, in den Abgrund so schamlosen Undankes zu versenken, wie unter Tausenden nur sein Herz sie zur Schau trüge! Und damit wies er ihm ein für allemal die Türe und wankte taumelnd und unsichern Schrittes die Flur entlang dem Gemach Ambrosias zu, wo er zitternd vor Zorn und knirschend vor unterdrückter Wut kaum Worte fand, der Gattin, was ihm widerfahren, zu berichten.

Ambrosia, deren reines, unbefangenes Gemüt weder dem Neffen so hartnäckiges Beharren in seinen Verirrungen, noch dem Oheim solchen Feuereifer, ihn denselben zu entreißen, zugetraut hatte, wußte dem Gange der Ereignisse gegenüber kaum, wozu sie sich entscheiden, ob sie die traurige Lage des nun jeder Stütze beraubten Anselmo beklagen, oder sich für Ruggiero des völligen Bruches mit dem unverbesserlichen Wüstling erfreuen sollte. Sie tat beides zugleich und beides mit Unrecht. Anselmo, in der solchen Naturen eigentümlichen Verblendung, fühlte sich weder hoffnungslos noch verlassen, sondern jubelte, der Abhängigkeit von den wunderlichen Launen und knauserischen Bedenklichkeiten des Oheims los und ledig zu sein, und Ruggiero seinerseits hatte sich keineswegs der Hoffnung begeben, den Neffen zuletzt dennoch zu Paaren zu treiben, und harrte nur der Zeit, da der Bursche reif, das heißt gänzlich verkommen und völlig zerknirscht und daher genötigt sein werde, sich auf Gnade und Ungnade seinem Willen und seiner Führung zu ergeben. Für den Augenblick mußte er sich damit begnügen, Anselmos Benehmen von ferne zu beobachten, was ihm eben nicht schwer wurde, da sein Neffe, der letzten Fessel und der letzten Stütze ledig, nun rasch immer tiefer sank, und dafür Sorge trug, sich selbst und seinen guten Namen auf alle Weise an den Prange zu stellen. Als unablässiger Borger von seinen Standesgenossen gemieden, von seinen Gläubigern auf Schritt und Tritt verfolgt, trieb sich der Erbe der Malgrati in Verkleidungen aller Art in schmutzigen Kneipen und verrufenen Häusern unter Diebshelfern, Beutelschneidern und Gaunern jeder Gattung herum, bediente sich beim Spiel verdächtiger Würfel, zettelte aller Orten Schlägereien und Rufhändel an, und erwarb sich durch Schlauheit und verwegenen Mut unter dem Gesindel, das ihn umgab, zuletzt eine hervorragende Stellung, so daß binnen kurzem in Venedig kein Schelmenstück verübt wurde, das man nicht mit auf Anselmos Rechnung geschrieben hätte. Der zwar verunglückte, aber mit beispielloser Frechheit unternommene Versuch, eine Nonne aus dem Kloster der Karmeliterinnen zu Murano zu entführen, dessen, wie die Sage ging, Anselmo im Solde eines jungen Patriziers sich vermessen hatte und der plötzliche Umlauf von falschen Zechinen, deren Münzstätte in einem seiner gewöhnlichen Schlupfwinkel entdeckt wurde, bestimmte endlich die oberste Polizeibehörde der Republik, den Rat der Zehn, zu dem Beschlusse, die bisher gegen den vornehmen Frevler geübte Schonung aufzugeben und so bedenklichen Störungen der öffentlichen Sicherheit um jeden Preis ein Ziel zu setzen. Da man gleichwohl aus Rücksicht für Anselmos Namen und Geschlecht noch einen letzten Versuch machen wollte, die Sache ohne eigentliche gerichtliche Verhandlung beizulegen, so wurde Messer Ruggiero vor das Tribunal berufen, und ihm die Wahl freigestellt, für das künftige gesetzliche Verhalten seines Neffen mit Leib und Leben als Bürge einzustehen, oder zu gewärtigen, daß fortan mit aller Schärfe der Gesetze gegen den Schuldigen vorgegangen werde.

Ruggiero, der, während das Schicksal seines Neffen zur Entscheidung gipfelte, längst im voraus wohl erwogen hatte, wie dieser letzteren die seinem Zwecke dienlichste Wendung zu geben wäre, erwiderte hierauf nach kurzem Bedenken in wohlgesetzter Rede: Er seinerseits, das müßten Gott im Himmel und die Menschen auf Erden, insbesondere aber seine lieben Freunde und Nachbarn zu Venedig ihm bezeugen, habe es seit Wochen und Monaten weder an Mühe, Zeit noch Geld, weder an Bitten und Ermahnungen, noch an Verweisen und Drohungen fehlen lassen, um seinen Neffen seinen traurigen Verirrungen zu entreißen, allein alle seine Anstrengungen seien nicht nur völlig fruchtlos geblieben, sondern sein Neffe habe sie im Gegenteil mit so hartnäckigem Trotze, so bitterem Undanke vergolten, daß er als ehrlicher Mann nicht wagen dürfe, die ihm zugemutete Bürgschaft für sein künftiges Wohlergehen zu übernehmen. Andererseits könne er nicht leugnen, daß es sowohl ihm selbst als den mit ihm vielfach verwandten Adelsgeschlechtern Venedigs zum tiefen Schmerze und zur empfindlichsten Kränkung gereichen müßte, wenn durch eine gerichtliche Verfolgung seines Neffen der edle Name der Malgrati verunehrt und geschändet würde. Bei diesen Umständen und bei dem Vertrauen, das ihm das hohe Tribunal dadurch bewiesen, daß es in dieser Angelegenheit ihn vorläufig zu Rate zu ziehen gewürdigt habe, wage er zur möglichst schonenden Entwirrung dieser peinlichen Verhältnisse folgendes vorzuschlagen: er seinerseits wolle allen von seinem Neffen Anselmo sowohl der Republik und deren Anstalten, als der Kirche und einzelnen Bürgern erweislich zugefügten Schaden aus seinem Säckel ersetzen und vergüten; dagegen möge das hohe Tribunal diesen seinen Neffen aus Rücksicht für ihn, seinen unschuldigen Namensgenossen, zwar von der Schmach gerichtlicher Ahndung seiner Vergehen loszählen, ihn aber gleichwohl, da nur noch von der Anwendung der strengsten Maßregeln eine Besserung des verstockten Sünders zu erwarten wäre, einer väterlichen Züchtigung unterwerfen, und ihn durch längere oder kürzere Zeit in gefänglicher Haft halten, was ihn ohne Zweifel endlich zur Einsicht seiner Fehler und zur Rückkehr auf den Pfad des Rechts und der Ehre bewegen würde. Dieser ganz mit den von dem Rate der Zehn bisher unwandelbar befolgten Regierungsgrundsätzen übereinstimmende Vorschlag wurde denn auch von dem Tribunal nicht nur beifällig gutgeheißen, sondern auch augenblicklich in Vollzug gesetzt, so daß noch desselben Tages Anselmo bei Nacht und Nebel aufgehoben und dann von Sbirren des Messer grande ohne richterliches Verhör und Urteil nach Malghera, einem gegen Mestre hin einsam aus den Lagunen emporragenden Wachtturme, gebracht wurde, woselbst die väterliche Fürsorge des Tribunals ihn zu seiner Besserung drei Monate gefangen zu halten beschlossen hatte.

Ruggiero, des Gelingens seiner Pläne nun vollkommen versichert und gewiß, den von Malghera zurückkehrenden Anselmo völlig gebrochen und zerknirscht und zu allem willig zu finden, was er mit ihm verfügen würde, ergab sich der Freude über diese Wendung der Dinge mit derselben fieberhaften Aufregung, mit der er früher gegen die Hindernisse, die der Erfüllung seiner Wünsche im Wege standen, angekämpft hatte und würde dadurch Ambrosia in die lebhafteste Unruhe versetzt haben, wenn nicht gleichzeitig seine Gesundheitsumstände sich wesentlich gebessert und sein Gang, wie seine Haltung beinahe die frühere Spannkraft wiedergewonnen hätten. Da dies jedoch der Fall war, so nahm sie zwar nicht ohne ein unheimliches Gefühl, aber doch mehr erstaunt als besorgt, die wunderlichen Selbstgespräche und die seltsamen, die verschiedensten Gegenstände berührenden und wieder abspringenden Reden ihres Gatten hin, wenn er mit funkelnden Augen und hochgeröteten Wangen im Gemache auf und nieder ging, und heftig die Hände hin und her werfend bald von seinen Plänen für die Zukunft Anselmos, bald von den Einrichtungen sprach, die er dem Hause an der Veronabrücke zu geben beschlossen hatte. Die Herstellungsarbeiten an diesem letzteren waren der Vollendung nahe; die Fenster waren mit kunstreicher Glasmalerei geschmückt, der Estrich der Gemächer mit orientalischen Teppichen belegt, die Wände mit köstlichen französischen Hautelisse und Ledertapeten aus Arras behangen und mit Gemälden Tizians und seiner Schüler bedeckt und das alte Hausgeräte durch neueres, geschmackvolleres ersetzt: aber nicht nur im Innern, auch von außen hatte der alte Bau wichtige Veränderungen erfahren, ja, mit Ausnahme der Porphyrsäulen an den Spitzbogenfenstern der Vorderseite des Hauses, den marmornen Balustraden der Balkone und des in einigen Gemächern angebrachten, mit kunstvollem Schnitzwerk versehenen Holzgetäfels war eigentlich vom Dachfirst bis zur Haustür nichts unverrückt an seiner Stelle geblieben, und Ruggiero, als er gegen Ende des dritten Monats der Gefangenschaft Anselmos in Malghera die Räume des

alten Hauses durchschritt, hatte nur noch die Stunde herbeizuwün-
schen, die durch die Bekehrung des Neffen zu seinen Plänen sein
Werk krönen sollte. Endlich schlug ihm diese heißersehnte Stunde;
der Rat der Zehn hatte nach Ablauf der Bußzeit Anselmos dessen
unmittelbare Übergabe in die Hände seines Oheims angeordnet,
und dieser hatte ihn in dem Hause an der Veronabrücke zu empfangen beschlossen, damit die Fülle des Glanzes und der Bequem-
lichkeiten des wohleingerichteten Hauses den durch die Entbehrungen harter Gefangenschaft gedemütigten Neffen um so leichter
bewege, auf das idyllische Glück stiller Häuslichkeit einzugehen,
das Ruggiero ihm wiederholt aufzudringen gedachte.

Der feuchte, schwere Nebel eines grauen Wintermorgens hing
über den Lagunen Venedigs und machte die weiten Räume des
Hauses an der Veronabrücke noch trüber und dunkler, als sie gewöhnlich waren, als Anselmo, von Malghera herübergebracht und
dem Befehle des Tribunals gemäß von Messer grande der Obhut
seines Oheims übergeben, auf der Schwelle des glänzenden Gemaches erschien, in dem Ruggiero ungeduldig auf und nieder schreitend ihn erwartete. Als die Türe sich öffnete, war dieser letztere mit
würdevoller, dem Ernste des Augenblicks entsprechender Haltung
dem Neffen entgegengetreten, allein bei dem ersten Blick auf den
Eintretenden wich er unwillkürlich einige Schritte zurück. Abge-
magert, hohlwangig, die dürren Glieder wie von Fieberfrost geschüttelt, wankte ihm eine Schattengestalt entgegen, die nur aus
dem stechenden Blicke des dunklen Auges und dem eigentümlichen Lächeln, das um die dürren Lippen spielte, als Anselmo, als
der Anselmo zu erkennen war, der noch vor wenig Wochen im
vollen Schmucke männlicher Schönheit aller Augen auch sich zog
und die Jugend Venedigs, wie Mondlicht das Glimmern von
Leuchtkäfern, überstrahlte. Nun flogen Haar und Bart wirr und
struppig um seine gelben Wangen; seine Kleider, dieselben, in denen er verhaftet worden, und die seitdem nicht von seinem Leibe
gekommen waren, hingen verwahrlost, schmutzig und zerrissen
um seine Glieder, und seine zitternden Hände langten krampfhaft
nach der Lehne eines Stuhles, um sich aufrecht zu erhalten. Ruggiero hatte nach einer Pause peinlichen Stillschweigens sich soweit
gesammelt, daß er den Neffen begrüßen und ihn mit ernsten, aber
freundlichen Worten ermahnen konnte, durch die Leiden der Vergangenheit belehrt, gleichsam ein neugeborener Mensch, beherzt

einer besseren Zukunft entgegenzuschreiten, als Anselmo plötzlich zusammenbrechend auf den Stuhl hinsank und mit erlöschender Stimme dem Oheim zurief: »Wein, schafft mir Wein, oder ich verschmachte!« Ruggiero, durch den Zustand des Neffen ernstlich beunruhigt, rief ängstlich nach seinen Dienern, traf Anstalt, den Halbohnmächtigen zu Bette zu bringen, und wollte nach Ärzten senden; erst als Anselmo, nachdem er hastig einige Becher Weines hinabgestürzt hatte, sich wieder gekräftigt zeigte und alle ärztliche Hilfe ablehnte, gab er sich allmählich zufrieden und kam zuletzt, den Faden des abgebrochenen Gespräches wieder aufnehmend, auf die Wünsche zurück, die er stets für die Zukunft des Neffen gehegt habe und die dieser, so hoffe er zuversichtlich, nun endlich mit ihm teilen würde. »Meine Wünsche,« sagte Anselmo, von dem vor ihm stehenden Korbe mit Kuchen und Backwerk aufblickend, von denen er gierig wie von lange entbehrten Leckerbissen gegessen hatte, »meine Wünsche sind für jetzt nur zwei: einmal den Schurken zu kennen, der mich in den Turm von Malghera stecken ließ; denn nicht Gesetz und richterliches Urteil, sondern Willkür und Gewalttat haben mich dort festgehalten, dann aber diesem Schurken das Messer bis in den Wanst zu bohren, soweit die Klinge reicht! Das sind meine Wünsche!« Und damit warf er das Messer, mit dem er eben ein Stück Kuchen zerschnitten hatte, auf den Tisch hin, daß es klirrend zwischen Kanne und Becher hinfahrend auf den Teppich vor Ruggieros Füße fiel. Dieser, nicht wenig betroffen über eine so unerwartete Äußerung, die Anselmo noch überdies mit einem flammenden Blicke unsäglichen Ingrimms begleitet hatte, bemühte sich, seinem ungebärdigen Gaste auseinanderzusetzen, daß er das von dem Tribunal gegen ihn eingehaltene Verfahren vielmehr als einen Beweis seiner Schonung und Milde zu betrachten habe, indem gerichtliche Verfolgung nicht nur den Namen Malgrati überhaupt mit unaustilgbarer Schande befleckt, sondern auch insbesondere ihm selbst jede standesgemäße eheliche Verbindung erschwert, wo nicht unmöglich gemacht haben würde; zu einer solchen müsse er sich aber nun doch wohl endlich entschließen, wäre es auch nur, damit sein für seine Wohlfahrt so zärtlich besorgter Oheim die Räume des Hauses, in dem sie sich befänden, nicht umsonst für seinen Haushalt eingerichtet habe. Und damit gewährte er, rasch die beiden Flügel der nahen Türe öffnend, ihm den Anblick einer langen Reihe von Gemächern, die, von Samt und Seide, kostbaren

Tapeten und noch köstlicheren Gemälden strotzend, in fast märchenhaftem Glanze funkelten und leuchteten. Anselmo aber, alle die Herrlichkeiten kaum eines flüchtigen Blickes würdigend, griff nach dem Becher, den er eben aufs neue gefüllt hatte und sagte: »In der Tat ein schmucker Käfigt, aber doch ein Käfigt! Ein goldenes Haus, aber die Freiheit ist noch goldener! Ihr freilich versteht das nicht, alter Herr! Sitzt nur erst drei Monate im Turm von Malghera, dann werdet Ihr wissen, was Freiheit sagen will! Rosenketten, goldene Ketten, zum Teufel mit allem, was Kette ist! Die Freiheit über alles! Hoch die Freiheit! und damit stürzte er rasch den Becher hinunter. Ruggiero, wenig erbaut von der Wendung, die das Gespräch zu nehmen schien, schritt zur Türe, winkte aus dem Vorzimmer einen der Diener herbei und hieß ihn Kanne und Becher wegnehmen, da die Lebensgeister seines Neffen, wie er sagte, hinreichend erfrischt wären. Als der Diener aber sich wieder entfernt hatte, hieß er Anselmo ihm in eines der anstoßenden Gemächer folgen, wo ein für dessen künftige Braut bestimmter Juwelenschmuck, Perlenhalsbänder, Armringe und andere Kostbarkeiten zur Schau lagen, während aus einem Elfenbeinkästchen kunstvoller Arbeit Goldmünzen jeder Größe und jedes Gepräges hervorblitzten. »Kommt zur Besinnung,« wandte sich hier Ruggiero, auf sein Rohr gestützt, zu seinem Neffen, »kommt zur Besinnung, Anselmo, und stellt Euch nicht an, als ob Ihr die Unabhängigkeit des Bettlers dem Zwange vorziehen könntet, dem Ihr Euch zu unterwerfen habt, um Reichtum zu erwerben und zu besitzen wie diesen. Begreift, daß Ihr Euch verdienen müßt, mein Erbe zu werden. Ich bin ein alter Mann, und Ihr werdet nicht lange zu warten haben.« Auf diese Worte, deren Gewicht Ruggiero noch dadurch zu verstärken suchte, daß er in das Elfenbeinkästchen griff und die Goldstücke klingend und klirrend durch seine Hände laufen ließ, erwiderte jedoch Anselmo, indem seine weingeröteten Wangen sich zu einem häßlichen Lächeln verzogen: »Oho, alter Herr, meint Ihr, das Lagunenfieber, das mir die Sumpfluft Malgheras in die Glieder jagte, habe auch mein Gehirn rein aufgezehrt, oder glaubt Ihr, ich könne, weil ich in Lumpen vor Euch stehe, vergessen, wer Ihr seid und was ich bin? Ihr seid mein Oheim und ich, der letzte Malgrati, bin Euer Erbe durch eigenes Recht, nicht durch Eure Gnade Euer Erbe; denn, wenn Ihr gleich vermählt seid, Eure schlotternden Lenden werden keinen Sohn mehr in die Welt setzen, und Base Ambrosia in ihrer fischblütigen

Tugend schaudert Gott sei Dank vor dem Gedanken, Euch anderwärtig einen zu verschaffen. Gebt Euch nur drein, alter Herr! Was Ihr habt, ist mein, wenn Ihr absegelt, und eher wollt' ich mich bei Messer grande als Sbirre verdingen, als mir erst noch die Mühe zu geben, es zu verdienen.«

Anselmo hatte kaum diese Worte gesprochen, als Ruggiero, dem das Blut in allen Adern zu sieden begann, mit hochgeröteten Wangen und zornfunkelnden Augen mit einem dumpfen Schrei der Wut auf ihn losfuhr; aber ehe er noch den unverschämten Gesellen erreicht hatte, der indes ganz unbefangen an den Juwelenschrank getreten war und ein kostbares Armband vor sich hinhaltend, sich an dem Schillern seiner Steine ergötzte, hielt er plötzlich inne, fuhr sich mit der Hand über die Stirne und wandte sich, die Lippen fest übereinander gebissen, ans Fenster. Er hatte begriffen, daß er sich in Beziehung auf die Gemütsstimmung, die sein Neffe von Malghera heimbringen würde, arg verrechnet habe, und daß der ungezügelte Ausbruch seines gerechten Zornes die Erfüllung seiner so mühevoll vorbereiteten, ihm allmählich zum Lebensziele gewordenen Pläne auf immer vereiteln würde. Alle Macht seiner Willenskraft aufbietend, gelang es ihm auch wirklich, den Sturm seiner Seele soweit zu beschwören, daß er nach einigen Augenblicken sich gelassen zu Anselmo wenden und, obgleich mit bebenden Lippen und zitternder Stimme, hinwerfen konnte, für den Augenblick wolle er sich alles Streites mit seinem Neffen begeben, der vor allem sorgsamer Pflege und erquickender Ruhe bedürfe, und da er diese beiden wohl am besten und sichersten in seinem Hause und unter der Obhut seiner Base finden würde, so lade er ihn ein, einstweilen ihr Hausgenosse zu werden; vielleicht, setzte er mit einem mühsamen Lächeln hinzu, werde der Umgang mit einer ehrbaren, sanften und pflichtgetreuen Hausfrau wie Ambrosia ihn von seiner seltsamen Ehescheu heilen und zur Erkenntnis seines wahren Vorteils bringen. Anselmo jedoch, in ein schallendes Gelächter ausbrechend, erwiderte hierauf, indem er Ruggiero vertraulich auf die Schulter klopfte: »Nichts da, alter Herr! Gebt mir ein Stück Geldes und laßt mich laufen, wohin mir's gefällt und mich leben, wie mir's zusagt. Ich will weder in einem Käfigt noch in eine Kostschule mich stecken lassen, weder Eure Sittenpredigten anhören, noch Eure Dame die Nase rümpfen sehen, wenn ich mit irgendeinem Zöpfchen ein lustiges Stückchen angebe! Wie, oder meint Ihr etwa, ich sollte wie ein

eben vom Neste geflogener Starmatz mich an Frau Ambrosia anma-
chen und Euch zu meinem eigenen Nachteil einen Erben aus dem
Blute der Malgrati verschaffen?«

Das leichtfertige Wort war kaum den Lippen Anselmos ent-
schlüpft, als auch schon Ruggiero im vollen Ausbruche übermäch-
tigen Zornes mit einem Tigersprunge auf ihn zufuhr und ihn bei der
Brust fassend, keuchend und atemlos mit wutheiserer Stimme die
Worte hervorstieß: »Schamloser Bube! wagst du mit dem Pestqualm
deines Atems den Spiegel solcher Ehren anzuhauchen! Kröte, soll
ich dich wieder nach Malghera hinausschicken und unter deines-
gleichen verfaulen lassen?« und damit schwang er mit zornbebender Hand drohend sein Rohr über Anselmos Scheitel. Dieser aber
hatte im selben Augenblick es ihm entwunden, mit nervigen Armen
den vergebens sich Sträubenden umschlungen und mit einem kräftigen Ruck ihn zu Boden gerissen. »Du also bist es, Verräter,« schrie
er, indem blaß bis in die Lippen mit hochgeschwungenem Rohre
drohend über ihn gebeugt dastand; »du bist es, der mich ohne Recht
und Urteil in jenem Sumpfloche verkommen ließ! Dachte ich es
doch gleich, du scheinheiliger Sauertopf, und stände nicht mein
Erbe auf dem Spiel, bei allen Teufeln der Hölle, ich spießte dich
dafür mit deinem eigenen Degen an den Boden wie eine Ratte. Aber
darf ich dir nicht kaltes Eisen zu verkosten geben, ungebrannte
Asche wird dir nicht schaden!« Und damit führte er mit dem Rohr
einige derbe Schläge auf die Schultern und den Nacken Ruggieros,
der regungslos mit geschlossenen Augen zu seinen Füßen hingestreckt, nur durch das stoßweise Atemholen der krampfhaft sich
hebenden Brust noch Leben verriet. – »So,« rief endlich Anselmo,
das Rohr hinwerfend, »nun bist du bezahlt, greiser Schurke, und
nun geh hin und laß dich sobald als möglich begraben, damit ich zu
meinem Erbe komme! Denn ich bin dein Erbe, hörst du! Ich bin es
und bleibe es, Gott selbst kann es nicht hindern!« So sprechend
sprang er zu dem Elfenbeinkästchen, füllte seine Taschen mit Gold
und verließ das Gemach. Im Vorzimmer hieß er die Diener ihrem
Herrn beispringen, den eine Ohnmacht angewandelt habe; er selbst
eile Ärzte herbeizuschaffen, sagte er, und damit stürzte er aus dem
Hause, warf sich in eine Gondel und schlug zu Mestre angelangt die
Straße nach Ferrara und Rom ein.

Messer Ruggiero, fast bewußtlos von seinen Dienern in seine Wohnung am Canal grande zurückgebracht, beantwortete, wieder zur Besinnung gekommen, die ängstlichen Fragen Ambrosias nach dem Ausgange seiner Unterredung mit Anselmo, alle näheren Erörterungen abschneidend, mit der Bitte, des Elenden nie mehr zu erwähnen; den herbeigeeilten Ärzten erklärte er in Übereinstimmung mit der Angabe des Neffen, ein Anfall von Schwindel habe ihn plötzlich niedergeworfen, dabei verweigerte er aber die Anwendung irgendeines der ihm empfohlenen Heilmittel und begehrte in fieberhafter Ungeduld nur nach einem, nach ungestörter Ruhe und Einsamkeit. Bei der leidenschaftlichen Aufregung, die sein ganzes Wesen kundgab, wurde diesem Verlangen denn auch entsprochen, und bald herrschte in dem Gemache des Greises die gewünschte lautlose Stille, kaum ab und zu von dessen schmerzlichem Stöhnen oder den leisen Schritten der gegen sein Lager hinhorchenden, alsbald aber wieder im Nebenzimmer verschwindenden Ambrosia unterbrochen. In dieser Abgeschiedenheit, mit halbgeschlossenen Augen regungslos auf sein Lager hingestreckt, brachte Ruggiero, jeden Zuspruch, ja sogar jede Annäherung selbst Ambrosias ungestüm ablehnend, Speise wie Trank verschmähend, ewig das folternde Gedächtnis der erlittenen Schmach wiederkäuend, zwei Tage und Nächte hin. Als er am dritten Tage endlich sich wieder von seinem Lager erhob, schien er um zehn Jahre älter geworden; seine sonst männliche, volltönende Stimme klang nun dünn und heiser, seine Hände zitterten, und nur das unheimliche Blitzen des tief in seine Höhle zurückgesunkenen Auges verriet, daß in diesem gebrechlichen, hinfälligen Körper noch die Lebensfülle der Leidenschaft wohne. Er ging seinen Geschäften nach, aber wie im Traume; nicht bloß den Umgang, selbst jedes zufällige Zusammentreffen mit Menschen floh er, wie er nur konnte; die fragenden Blicke, mit denen Ambrosia bekümmert sein seltsames Treiben bewachte, waren ihm ebensoviele Dolchstiche, denn ihm war, als trüge er ein Brandmal auf der Stirne und jeder Blick müßte das Geheimnis seiner Schande von ihr herablesen. Frühmorgens sich aus dem Hause stehlend, bestieg er die Gondel und ließ sich nach dem Lido hinausrudern, wo er stundenlang das Haupt auf die Brust geneigt, in stummer Verzweiflung auf und nieder schritt oder am Ufer im Sande saß und den Wogen, die die Flut gegen ihn heranwälzte, erzählte, wie sein Neffe, der Knabe den er erzogen, den er mit Wohltaten überhäuft hatte, ihn, das Haupt des edlen Hauses der Malgrati, den schlachtenergrauten Kriegshelden, durch Stockschläge verunehrt, seine Vergangenheit geschändet und seine Zukunft vergiftet habe. Dabei weinte und schrie er und raufte sich das Haar wie ein Rasender, bis plötzlich tiefe Stille über ihn kam, und wie ein Stern in dunkler Nacht die Überzeugung in ihm erwachte, es lebe ein Gott im Himmel, der das nicht ungestraft hingehen lassen, der nicht frechen Undank mit dem Erbe des mißhandelten Wohltäters belohnen könnte und plötzlich werde, müsse sein Racheblitz auf das Haupt des Frevlers niederzucken. Dann erhob er sich gestärkt und ermutigt und trat halb getröstet den Heimweg an, um Tags darauf derselben Verzweiflung sich hinzugeben, mit derselben Hoffnung sich zu beschwichtigen. Der Himmel jedoch schien für den Augenblick auf diese Ansicht Ruggieros nicht eingehen und seine Donner einstweilen noch ruhen lassen zu wollen, denn Antonio Balletti, ein Kaufmann, den seine Geschäfte häufig nach Rom führten, brachte die Nachricht, Anselmo habe durch sein liebenswürdiges, ebenso einschmeichelndes, als selbstbewußtes Wesen die Gunst des allmächtigen Kardinals Caraffa und Zutritt zu den ersten Häusern Roms gewonnen; er lebe dort herrlich und in Freuden, versage sich keinen Genuß und vertröste seine Gläubiger auf das Majorat, das ihm früher oder später zufallen müsse, wie er denn auch Balletti, den Abend vor dessen Abreise auf der Tiberbrücke zufällig mit ihm zusammentreffend, angehalten und ihm mit tollem Gelächter empfohlen habe, zu Venedig seinen Onkel zu grüßen und den alten Herrn zu fragen, wie lange er denn noch in diesem irdischen Jammertale sich zu ergehen gedenke? Ruggiero erblaßte bis in die Lippen, als er die freche Botschaft vernahm, die in die offene Wunde seiner Schmach noch den Stachel des Hohnes drückte und stürzte zähneknirschend vom Markusplatze, wo er sie empfangen hatte, den Gäßchen zu, die von den Mercerien zur Rialtobrücke hinüberführen. Verwirrt und von widerstreitenden Gefühlen bestürmt irrte er lange, ohne zu wissen wo und wohin, in dem Häuserlabyrinthe Venedigs umher, bis er endlich seine Wohnung erreichte, um dort in seinem Gemache die lange Nacht hindurch unruhig auf und nieder zu schreiten.

Es waren schwere Gedanken, die er in sich herumwälzte. Die neue Beschimpfung, die ihm zugefügt worden, hatte seine Seele aus der dumpfen Betäubung des Schmerzgefühls emporgerüttelt, in die sie bisher wie gelähmt versunken war. Er schämte sich, so lange die Rolle eines Klageweibes gespielt zu haben; er fühlte das tiefinnerste Bedürfnis, mannhafte Tätigkeit an die Stelle leidender Hingebung, an das Gedächtnis der erlittenen Schmach treten zu lassen; er wollte handeln, er wollte sich rächen! Sein Geist wandte sich nach den Tagen seiner Jugend zurück, in denen er einen aus Eifersucht an einem Waffenbruder verübten Meuchelmord zu rächen, den Mörder jahrelang bis an das entfernteste Ende Europas verfolgt hatte, bis dieser endlich im Zweikampfe seinem Schwerte erlegen war. Jetzt freilich durfte er nicht daran denken, wie er vor seiner letzten Krankheit vielleicht noch getan hätte, mit dem Degen in der Hand vor seinen Neffen hinzutreten und Genugtuung zu fordern, wenn der hinfällige, gebrechliche Greis nicht dem jugendkräftigen, übermütigen Gegner erliegen, erliegend von dem Sieger noch verhöhnt werden wollte. Sollte er aber darum, die Hände in den Schoß gelegt, diese neue Beschimpfung hinnehmen? Mußte er nicht wenigstens versuchen, sich selbst zu helfen, damit der Himmel ihm weiter helfe? – Unwillkürlich trat das Bild eines gewissen Beppo vor seine Seele, eines verwitterten Burschen, der seinerzeit in den Niederlanden im spanischen Heere als Feldschmied gedient, nebenbei verschiedene zweideutige Gewerbe betrieben und nun, diese Beschäftigung fortsetzend, sich zu Venedig niedergelassen hatte. Er war ihm unlängst begegnet, er wußte, daß er in der Nähe von San Stefano wohne und er erinnerte sich, Beppo mit seinen beiden Strolchen von Söhnen stehe im Geruche, neben anderen lichtscheuen Geschäften auch das Gewerbe eines Bravo mit ebensoviel Entschlossenheit als Geschick zu betreiben! – Aber wie, sollte er, der schlachtenergraute Kriegsmann, mit Meuchelmördern in ein Bündnis treten? Und was war damit gewonnen, wenn auch ein kecker Schnitt durch die Gurgel, ein derber Stoß unter die Rippen hinauf den Namen Anselmo in seinem Kalender für immer mit einem Kreuze bezeichnet hätte? War damit der Frevler bestraft, waren ihm damit die Stunden, die Tage, die Wochen der Qual vergolten, die Ruggiero, von dem Gedächtnis des erlittenen Schimpfes ruhelos verfolgt, bald in dumpfer Versunkenheit, bald in verzweifelndem Rasen verbracht hatte? »Nicht den Feind mit einem Ruck aus der Welt stoßen, ihn hoffnungslos leben lassen,« sprach Ruggiero, in tiefen Gedanken auf und nieder schreitend, dumpf vor sich hin, »ihn hoffnungslos leben lassen, das heißt sich rächen! Daß der Glanz, der ihn jetzt umgibt, verdämmere und verbleiche, daß die Freunde, die er sich jetzt erworben, ihn verlassen, dafür, weiß ich, wird Anselmos grundloser Leichtsinn, wird die ungestüme Wildheit seiner Leidenschaften sorgen; aber eine Hoffnung bleibt ihm, die Hoffnung auf meinen Nachlaß, und diese ihm entreißen, ihn darben, hungern, in Elend verkommen sehen, während ein anderer als Erbe des Besitzes heranwächst, der er jetzt schon zu sein wähnt, das, und das allein wäre Rache! Einen Sohn müßte der Himmel mir schenken, einen Sohn!« Ruhelos sein Gemach durchwandernd, wiederholte er das eine Wort in allen Tonarten, vom leisen Flüstern der Sehnsucht bis zum lauten Schrei der Verzweiflung! Doch plötzlich stand er still, ergriff einen Armleuchter und schritt auf den prachtvollen Spiegel zu, der von der Decke bis zum Estrich des Gemaches herabreichend die ganze Breite des Fensterpfeilers einnahm, und beleuchtete, den Armleuchter emporhebend, sein Spiegelbild, wie es das venetianische Glas in ungetrübter Reinheit ihm zurückwarf. Die Aufregung der Leidenschaft hatte seiner Gestalt für den Augenblick die Haltung früherer Jahre wiedergegeben, seine Wangen brannten in unnatürlicher Röte und die Augen leuchteten fieberglänzend unter der hohen Stirne hervor, über die einzelne Büschel des spärlichen, immer lichter sich färbenden Haares herabhingen. »Pah,« sagte er nach einer Weile, seinen Zügen nicht unzufrieden zulächelnd, »pah, warum sollte ich an mir selbst verzweifeln! Mein Aussehen ist noch ganz jugendlich, die Haltung kräftig, das Auge frisch! Wie alt bin ich denn auch? – Fünfundsechzig – vielleicht einige Monate darüber! Hat Gott nicht viel ältere Männer mit Kindersegen erfreut, warum sollte er ihn mir versagen? Der Himmel freilich hilft keinem, der sich nicht selbst zu helfen weiß, aber ich will mir helfen, ich will!« – Und damit stellte er den Armleuchter beiseite, um, die Arme übereinandergeschlagen, das ruhelose Aufundniederwandern fortzusetzen, bis der Morgen bleich und dämmernd hereinbrach und Erschöpfung ihm endlich einige Stunden fieberhaft unruhigen Schlafes gewährte.

Spät morgens erwachend, begann Messer Ruggiero ungesäumt zur Ausführung der in der Nacht gefaßten Beschlüsse zu schreiten;

statt wie gewöhnlich in unscheinbarer Kleidung die abgelegensten Orte aufzusuchen, um sich ungestört seiner Verzweiflung hinzugeben, und dann heimgekehrt nach einem kärglichen freudenlosen Mahle die Beschäftigung des Morgens fortzusetzen, ließ er sich, nachdem er ein Kräuterbad genommen, Bart und Haar kräuseln und mit wohlriechendem Öle salben, worauf er, seinem Stande gemäß gekleidet, den Stoßdegen an der Seite, den Federhut aufs Ohr gedrückt, verwandelt und verjüngt der Erbaria zuschritt, wo er die schönsten Blumen, die der Markt bot, in Fülle aufkaufte, um seine duftende Beute der schönen Ambrosia zu Füßen zu legen. Diese letztere, erst erfreut, den Gatten fröhlich und gesprächig zu sehen, fühlte sich bald durch das Feuer seiner Huldigung und den Ungestüm seiner Liebkosungen befremdet und eingeschüchtert und würde die Überfülle seiner Zärtlichkeiten gern auf das seinem Alter entsprechende Maß herabgedrückt haben, wenn sie nicht seine Reizbarkeit gekannt und gefürchtet hätte. Gegen Mittag füllte sich das Haus mit Freunden und Verwandten Ruggieros, die er zu Tisch gebeten, und die mit dem Ehepaare ein leckeres, durch die köstlichsten Weine gewürztes Mahl einnahmen, welchem zu Ambrosias bangem Erstaunen niemand so jugendlich tapfer zusprach, als eben Ruggiero. Noch mehr aber wuchs ihr Erstaunen, als nach einer Lustfahrt in der Gondel und einem Spaziergange auf dem Markusplatze Ruggiero bei hereinbrechender Nacht sich in dem seit seiner letzten Krankheit nur selten betretenen Schlafgemache Ambrosias häuslich einzurichten begann und die Absicht, daselbst die Nacht zuzubringen, zu erkennen gab, welchen Vorsatz er auch, ihren Bitten und Vorstellungen zum Trotz, wirklich ausführte. Die Erwartung Ambrosias, daß die plötzliche Sinnesänderung des Gatten nur eine vorübergehende, und daß er bald in das alte Gleis seiner gewohnten, wohlgeregelten Hausordnung zurückzulenken sein werde, erwies sich als eine vollkommen irrige, denn Ruggiero schien sich nicht nur in der neuen Lebensweise zu gefallen, sondern hielt sie auch mit solcher Lebhaftigkeit und Entschiedenheit fest, als hätte er es sich für den Rest seines Lebens zur Aufgabe gemacht, Tag für Tag seine schwindenden Kräfte durch künstlichen Überreiz übermäßig anzuspannen, um sie in nutzloser Verschwendung um so früher und gründlicher zu erschöpfen. Ambrosia, durch das allzu jugendliche Gebaren des greisen Gatten nichts weniger als erfreut, vielmehr in mehr als einer Beziehung verletzt, ja gekränkt, und wie alle Frauen ihrem Gatten eher daß er Unrecht tue zu vergeben geneigt, als daß er sich lächerlich mache, Ambrosia war nahe daran, diesem Treiben mit entschlossener Weigerung sich zu entziehen, wenn nicht Ruggieros erschöpfte Natur ihr diesen Schritt erspart hätte.

In wenigen Wochen waren trotz aller Reizmittel die Kräfte des alten Mannes so herabgekommen, daß er nicht mehr daran denken konnte, die so zuversichtlich übernommene Rolle des jugendlichen Ehemannes fortzuspielen, sondern sich genötigt sah, den erst leichtsinnig weggelegten Krückenstock wieder zur Hand zu nehmen. Allein die ihm angeborene Hartnäckigkeit verließ ihn auch jetzt nicht und die täglich fühlbarer werdende Abnahme seiner Kräfte konnte ihn nicht abhalten, mit derselben halb wahnsinnigen Begierde dem unerreichbaren Phantom von Vaterfreuden nachzujagen, mit der er früher Anselmos Verheiratung betrieben hatte. Durch Arzneimittel sollte nun erreicht werden, was die Gesetze der Natur versagten, und da die Ärzte, die ihn sonst behandelten, ihm entweder abrieten oder ihn mit Versprechen hinhielten; da die Quacksalber und Wunderdoktoren, denen er sich zuletzt in die Arme warf, seinen Zustand eher verschlimmerten als verbesserten, so erklang es in ihm wie himmlische Musik, als er einst einen Schwererkrankten und glücklich Genesenen die Gelehrtheit und tiefe Einsicht des heilkundigen Meisters Gabriel Falopia lobpreisen hörte, der, durch seine anatomischen Forschungen in hohem Ansehen stehend, damals ein Lehramt an der alten und weltberühmten Hochschule zu Padua bekleidete. Sein Entschluß war bald gefaßt; noch desselben Tages trat er die Reise nach Padua an und versäumte, daselbst angelangt, keinen Augenblick, die Wohnung Meister Falopias aufzusuchen. Sein Weg dahin führte an der Kirche San Antonio vorbei, in die er eintrat, um vor dem wundertätigen Bilde des Heiligen ein brünstiges Gebet für das Gelingen seines Vorhabens emporzusenden, worauf er gestärkt und mutig dem ersehnten Ziele zuschritt. In einem kleinen unscheinbaren Hause, eine enge, dunkle Wendeltreppe hinangewiesen, pochte er an einer niederen Tür und trat schüchtern, wie in ein Heiligtum, in eine gewölbte Stube, deren Wände bis zur Decke hinauf dicht angefüllte Bücherstellen verbargen, während am Fensterpfeiler ein menschliches Skelett, in den Fensterbogen aber in großen Glasgefäßen Weingeist-Präparate und seltsame Instrumente von geheimnisvollem Aussehen aufgestellt waren. Ruggiero war kaum eingetreten, als der Vorhang, der die Stube von einem Nebengemache trennte, sich öffnete und Meister Falopia auf ihn zukam, ein Mann von einigen dreißig Jahren, aber schmächtigen, kränklichen Aussehens und vorwärtsgebückter Haltung, aus dessen dunklen Augen jedoch wie Sonnenschein der Lichtstrahl eines hellen, scharfen Geistes dem Fremden entgegenfunkelte. Er begrüßte Ruggiero, fragte nach seinem Begehr und hörte ruhig, unveränderter Miene, wie dieser erst verwirrt und verlegen, bald aber Mut fassend und ohne Rückhalt sein Herz ausschüttend, ihm seinen glühenden Wunsch: mit Kindersegen erfreut zu werden, eröffnete und sich seine Hilfe zur Erfüllung desselben erbat.

Als Ruggiero geendet hatte, frug er ihn nach seinem Alter, nach den Krankheiten, die er überstanden, nach den Wunden, die er empfangen, hieß ihn tief Atem holen und griff endlich nach seinem Handgelenke, um ihm den Puls zu fühlen. Ruggiero hatte indessen einen Beutel mit Zechinen hervorgezogen und wollte ihn dem Arzte in die Hand drücken; diese aber, mit einer ablehnenden Bewegung die Gabe zurückweisend, sagte ruhig und ernst: »Messer, steckt Euern Beutel wieder ein und kehrt nach Venedig zurück! Den Rat, den ich Euch geben kann, sollt Ihr umsonst haben! Wer nicht im Frühling seinen Garten bestellt, dem wird der Herbst keine Früchte bringen; wie könnt Ihr sie pflücken wollen, der Ihr müßig den Winter herankommen ließet? Arzneien können nur dort Kraft wecken, wo sie schlummert; wo sie tot ist, töten sie! Ihr seid ein alter Mann; denkt nicht mehr daran, Leben zu geben, sondern mit dem Leben abzuschließen! Euer Maß ist nahezu voll; weise Enthaltsamkeit kann noch Jahre zulegen, blinde Leidenschaft macht es morgen überfließen!« – Mit diesen Worten nahm er freundlich grüßend von Ruggiero Abschied, der sprachlos, wie vom Blitze berührt, dem im Nebengemache verschwindenden Meister nachsah, bis der Vorhang der Türe hinter ihm sich schloß. Dann verließ er stumm und gedankenlos, nur des dumpfen Schmerzgefühls vernichteter Hoffnung bewußt, die Stube, das Haus und Padua, um nach Venedig zurückzukehren, wo er in tiefer Nacht eintraf. Als er in sein Gemach trat, hieß er den ihm vorleuchtenden Diener die Lichter auf den Tisch neben dem Wandspiegel stellen und trat, als er wieder allein war, vor das Glas hin, aus dem er vor so kurzer Zeit die Hoffnungen geschöpft hatte, die nun Luft in Luft zerflossen waren. Als nun der Spiegel ihm die wirren Haare des halbkahlen Scheitels, die Runzeln der zerfurchten Stirne, die tief in ihre Höhlen zurückgesunkenen Augen, das schlaff auf die Brust herabgeneigte, verlebte und verwitterte Antlitz, die ganze in sich zusammengebrochene, mühsam am Krückenstock sich aufrecht haltende Gestalt zeigte, die er als sein Selbst erkennen mußte, da ging die Überzeugung, daß Meister Falopia Recht habe, wie ein schneidendes Schwert durch seine Seele, und solcher Ingrimm faßte ihn bei dem Anblick der welken Reste dessen, was einst Ruggiero gewesen, daß er mit einem Streiche seines Krückenstockes den kostbaren Wandspiegel in tausend Trümmer zersplitterte und dann weinend und schluchzend wie ein

Kind in seinen Lehnstuhl sank, um die Nacht, wie viele ihrer Schwestern vor ihr, trostlos und verzweifelnd zu durchwachen.

Ambrosia sah sich von jenem Tage an nicht mehr den peinlichen Zumutungen ausgesetzt, mit denen sie ihr Gemahl bisher verfolgt hatte, aber nur um ihn wieder in den dumpfen Trübsinn, in die nicht zu bannende Menschenscheu zurücksinken zu sehen, der er sich kaum entrissen hatte. Wenn er jedoch früher in dieser Stimmung die Einsamkeit gesucht, Ambrosien den Anblick seiner Leiden schonend verborgen und nur gegen sich selbst allein gewütet hatte, so pflegte er jetzt Stunden, ja Tage in stumpfem Brüten ihr gegenüber zu sitzen und sein finsteres Schweigen nur ab und zu mit sarkastischen Bemerkungen über den Undank und die Herzlosigkeit mancher Weiber, die, einmal vermählt, ihre Gatten vernachlässigten, ja zurückstoßen, und mit bitteren Klagen über den Fluch der Unfruchtbarkeit, der auf gewissen Frauen läge, zu unterbrechen, wobei er nie unterließ, das tiefste Bedauern auszudrücken, nicht in früheren Jahren eine seinem Stande wie seinem Alter gemäße Wahl getroffen zu haben, indem er zugleich umständlich die Namen der Frauen herzählte, die zu dieser oder jener Zeit, in dieser oder jener Stadt seiner Werbung, hätte er sich nur zu einer solchen herbeigelassen, gewiß Gehör geschenkt haben würden. Ambrosia, die anfangs in dem richtigen Gefühle, Ruggiero suche in seinem Unmut unbewußt die Schuld der Vereitlung seines liebsten Wunsches von sich ab- und ihr zuzuwälzen, diese Redensarten gleichgültig, ja lächelnd hingenommen hatte, konnte sich später, da sie immer häufiger wiederkehrten, nicht enthalten, sie mit einigen ruhigen, die Wahrheit zwar nicht scharf, aber doch so bestimmt bezeichnenden Worten zu erwidern, daß Ruggiero sie allmählich von der Folter seiner Gegenwart zu befreien und sich, nur mit dem alten Leid die Last eines neuen fortschleppend, wieder wie bisher seinen einsamen Spaziergängen zuzuwenden anfing. Es war auf einem dieser Spaziergänge, daß er von dem nie ersterbenden Wunsche, seinen Nachlaß durch einen Sprossen seines Leibes dem verhaßten Anselmo entzogen zu sehen, wie im Wirbel umhergetrieben, ohne zu wissen, wohin ihn seine Schritte getragen, an eins der äußersten Enden Venedigs gelangte und an dem Ufer, von dem er auf die Lagune hinaussah, eine Fischerbarke erblickte, deren Eigentümer, ein rüstiger, obgleich hochbejahrter Mann mit schneeweißen Haaren, im Begriffe war, die Ausbeute seiner Fahrt in einen mit Tragriemen versehenen Fischzuber zu sammeln, während ein blondhaariger, vier bis fünf Jahre alter Knabe am Strande mit Muscheln spielte und den Alten von Zeit zu Zeit anrief, ob er denn noch nicht fertig wäre, die Mutter warte, und er sei hungrig! Als nun Ruggiero, der sich die letzten Monate hindurch bei dem Anblicke von Kindern, insbesondere von Knaben, seltsam ergriffen, zugleich angezogen und abgestoßen fühlte, von der Schönheit des Kindes überwältigt dem Kleinen sich näherte und sich mit Schmeichelworten zu ihm hinabbückte, fuhr der Blondkopf, von dem Anblicke des fremden, finstern Mannes erschreckt, blitzschnell in die Höhe, lief der Barke zu und klammerte sich, scheu zurückblickend und ängstlich »Vater! Vater!« rufend, an die Knie des Alten. Dieser, den Knaben beschwichtigend und ihm seine Unart verweisend, begrüßte Ruggiero, der indessen herangekommen war, mit einigen Worten der Entschuldigung, worauf der alte Kriegsmann, mit einem tiefen Seufzer die Tränen zurückhaltend, die ihm bei dem Anblicke des reichen Vaterglückes des armen Fischers unwillkürlich in die Augen traten, ihn anrief, wie alt er wäre, und ob das sein Kind sei? Der Fischer, aufblickend und den Sprechenden näher ins Auge fassend, stand einen Augenblick unschlüssig, als ob er erwöge, wie ein Mann in so unscheinbarem Gewande zu so befehlendem Tone komme! Alsobald aber erkennend, mit wem er es zu tun habe, lüftete er ehrerbietig die Mütze und sagte, letzte Pfingsten wäre er siebenzig Jahre alt geworden, und der Knabe sei allerdings sein, obwohl nur das Kind seiner Ehefrau, nicht sein eigenes – »Euer Stiefkind also,« bemerkte Ruggiero, was der Fischer jedoch verneinte, indem der kleine Renzo im Pfarrbuche auf seinen Namen eingetragen sei, nur daß, wie er lächelnd hinzusetzte, nicht eben alles wahr wäre, was im Pfarrbuche stehe. Da nun Ruggiero hierüber sein Befremden und den Wunsch äußerte, den wahren Sachverhalt kennen zu lernen, erwiderte der Fischer nach einigem Bedenken, daß er ungern davon spreche und nicht jedem die gewünschte Aufklärung geben würde; vor Messer Ruggiero Malgrati aber wolle er kein Geheimnis daraus machen, da er auf dessen Gütern in Friaul geboren sei, und seine Vorväter dem Geschlechte der Malgrati vielfach zu Dank verpflichtet warten; er sei daher zu der gewünschten Mitteilung mit Freuden erbötig, wenn Eccelenza nur erlauben wolle, daß er seine Arbeit dabei fortsetze. Zum großen Mißvergnügen des

Blondkopfes, der noch immer an dem Alten sich festklammernd, mißtrauisch nach Ruggiero hinüberschielte, wurde diese Erlaubnis erteilt, war zur Folge hatte, daß der Alte vorerst den Knaben aus der Barke entfernte, und ihn wie früher am Strande mit Steinchen und Muscheln spielen hieß, darauf aber zu seinem Fischzuber zurückkehrend und emsig ihn zu füllen beschäftigt, also zu erzählen anhub:

»Eccelenza,« sagte er, »ich kam früh aus meiner Heimat nach Venedig und verdiente mir daselbst als Lastträger mein Brot. Als ich nahe an den Dreißigen war, fing ich an, ans Heiraten zu denken, und bewarb mich zugleich mit einem Freunde, einem Gondolier, Checco geheißen, um die Pippa, die Tochter einer wohlhabenden Obsthändlerin. Da geschah es eines Tages, daß die erlauchte Republik eine Werbung ausschrieb, oder vielmehr, um das Ding beim rechten Namen zu nennen, gewandte und tüchtige Burschen, wo und wie sie nur konnte, zusammenfangen ließ, um ihre Galeeren zu bemannen. Unter diesen war auch der Checco, und die Pippa geriet bei der Nachricht, daß er nun jahrelang auf den Schiffen der erlauchten Republik in der Welt herumschwimmen sollte, in solche Verzweiflung und vergoß darüber so viele Tränen, daß ich, der wohl einsah, nicht ich, sondern Checco habe ihr Herz gewonnen, meinerseits auch darüber den Kopf verlor und nichts eiliger zu tun hatte, als hinzulaufen und mich dem Provedditore der Flotte als Stellvertreter für den Checco anzubieten, der denn auch losgelassen wurde und die Pippa heiratete, indessen ich armer Teufel der Levante zusegelte. Nachdem ich während meiner zehnjährigen Dienstzeit fast alle Meere durchkreuzt hatte, trat ich auf Candia in die Dienste des Governatore, wo ich ebenfalls fünf bis sechs Jahre aushielt und mir dabei ein rundes Sümmchen ersparte. Als ich endlich wieder nach Venedig zurückkehrte, fand ich den Checco bettlägerig und die Pippa grämlich und verdrießlich, dagegen war ihre Tochter Angela zu einem hübschen Mädchen herangeblüht, und ich merkte wohl, die Pippa wäre nicht abgeneigt gewesen, sie mir zur Frau zu geben. Ich hatte dagegen nichts einzuwenden, desto mehr aber die Angela, die mir eines Tages unter heißen Tränen gestand, ihr ganzes Herz hänge an einem gewissen Bernardo, einem Seidenweber seines Zeichens, von dem aber die Pippa seiner Armut wegen nichts hören wolle. Was war da zu tun? Ich hatte die Mutter ihren Liebsten heiraten lassen; die Tochter sollte es nicht schlechter haben. Ich redete der Pippa ins Gewissen, steuerte die Angela mit meinem Spargelde aus und stach an demselben Tage als Matrose auf einem Handelsschiffe wieder in See, als Angela mit ihrem Bernardo zum Altare ging!« – »Aber der Knabe!« unterbrach ihn Ruggiero. – »Nun Angela und Bernardo sind seine Großeltern, Eccelenza,« versetzte der Fischer, der seinen Zuber nahezu gefüllt hatte. »Als ich nämlich nach zehn Jahren meinen Dienst aufgegeben hatte und nach Venedig zurückgekehrt war, fand ich Checco tot und begraben, die Pippa noch grämlicher und verdrießlicher als sonst, Bernardo und Angela aber waren des Geschäftes wegen nach Bergamo gezogen und hatten ihr Töchterlein, die kleine Pippa, bei der Großmutter, deren Namen sie führte, zurückgelassen. Ich meinesteils schon bei Jahren und müde, in der Welt herumgeschüttelt zu werden, beschloß, mich in Venedig niederzulassen und mich als ein alter Seehund, der ich war, auf den Fischhandel zu verlegen. Von Kindesbeinen an ohne Freunde und Verwandte, begab ich mich bei der Pippa, bei der alten mein' ich, in Kost und Quartier, und so wuchs die Kleine unter meinen Augen zum frischen, drallen Mädchen auf, und ich liebte sie wie mein eigen Kind; denn die kleine Hexe hieß nicht bloß Pippa, sondern war auch so ganz das Spiegelbild ihrer Großmutter, nämlich wie sie vor dreißig Jahren gewesen war, daß mir oft, wenn ich sie ansah, zu Mute ward, als wäre ich noch ein junger Bursche und mein Leben finge wieder von vorne an. Nun begab es sich, daß ein Genueser, ein Bartscherer seines Gewerbes und ein Zungendrescher und Windbeutel ohnegleichen, sich an das Mädchen anmachte, sie mit süßen Worten und heiligen Schwüren köderte und betörte und ihr so ganz den Kopf verdrehte, daß weder der Großmutter noch mein Zureden ihn wieder zurechtrücken vermochte. Als nun die Sache so weit gekommen war, daß schon von Verlobung und Aussteuer gesprochen wurde, blieb der Bursche plötzlich weg. Die Pippa meinte erst, wir, die Großmutter nämlich und ich, hielten ihn mit Drohung oder wohl gar mit Gewalt von ihr ferne; als sie aber plötzlich erfuhr, der Bursche stecke in Schulden bis über die Ohren, habe überdies noch einer andern Dirne auf Murano die Ehe versprochen und sei, von deren Brüdern gedrängt, bei Nacht und Nebel auf Nimmerwiederkommen entflohen, da schrie das arme Kind auf, ward blaß bis in die Lippen und schlug wie ein Stück Holz zu Boden. Das Schlimmste aber, Eccelenza,« fuhr der Fischer fort, indem er den gefüllten Zuber schloß und die Tragriemen daran zurechtrückte, »das Schlimmste war, daß sie seit der Zeit kränkelte, sich abhärmte und immer bleicher und stiller ward, bis es endlich zutage kam, daß der Taugenichts sie betrogen und in Schande gebracht hatte. Die Großmutter raste und tobte und wollte sie aus dem Hause werfen, das arme Ding aber weinte, daß es einen Stein in der Erde erbarmt hätte; da faßte ich mir ein Herz, nahm sie eines Tages beiseite und sagte: ›Pippa‹, sagte ich, ›der Junge hat dich betrogen, versuche es mit dem Alten. Tauge ich auch nicht mehr zum Ehemann, so kannst du mich doch noch immer als Wiederhersteller deines Namens, als Vater deines Kindes wohl brauchen! Vater Renzo nanntest du mich als Kind; versprich mir, auch ferner mich zu schätzen und zu lieben wie einen Vater und als ein ehrbares Weib an meiner Seite zu leben, so will ich auf meinen Rücken nehmen, was der Genueser an dir verschuldet, und dich wieder zu Ehren bringen!‹ – Nun, Eccelenza, die Pippa sagte ›Ja!‹ Die Großmutter gab uns ihren Segen, der Pfarrer traute uns, und nach sechs Monaten beschrie der Knabe da unsere vier Wände. Renzo heißt er, wie ich, und steht im Pfarrbuch als mein leiblicher Sohn eingetragen. Nun wißt Ihr, Eccelenza,« setzte er hinzu, indem er den Zuber auf den Rücken schwang, »wie ich trotz meiner weißen Haare zu dem muntern Jungen kam, und nun erlaubt mir, daß ich mich auf den Weg mache, denn die Sonne ist unten, und die Pippa harrt unser mit dem Abendbrote.« Mit diesen Worten ehrerbietig grüßend verließ er die Barke und schritt, den Zuber auf dem Rücken, den fröhlich dahinspringenden Knaben an der Hand, den Strand entlang auf eine Gruppe ärmlicher Häuser zu, die unfern von dem Anlegeplatze der Barke am Ufer sich erhoben. Ruggiero hatte den Abschiedsgruß des Fischers unerwidert gelassen: sein Auge starrte unverwandt in den Abendnebel hinaus, der über dem Gewässer sich zusammenballte, denn die Äußerung des Alten, der Knabe sei sein, obwohl nur das Kind seiner Ehefrau, nicht sein eigenes, und die Bemerkung, es wäre nicht alles wahr, was im Pfarrbuch stehe, hatte Gedanken in ihm erweckt, deren übermächtigem Einflusse sein krankhaft überreiztes Gemüt sich nicht mehr zu entziehen vermochte. »Wenn jener Fischer,« sprach er zu sich selbst, »in seiner Menschenalter hindurch dauernden Liebe für jene Pippa den Bastard ihrer Enkelin als sein Kind annehmen und anerkennen konnte, warum sollte ich mich nicht entschließen können, irgendein fremdes Kind als das meine anzuerkennen, um den Namen und den Besitz der Malgrati vor dem Verderben zu bewahren, das der verruchte Anselmo als mein Rechtsnachfolger über beide heraufbeschwören würde?« – Einmal auf diesem Punkte angelangt, begann sein unruhiger Geist alsbald die Art und Weise in Erwägung zu ziehen, in welcher ein solches Unternehmen auszuführen wäre. Das Kind seiner Rache mußte vor der Welt als ein eheliches, also als sein und Ambrosias Kind erscheinen. Die Unterschiebung eines Kindes, an und für sich gefährlich, weil dabei zu viele Personen ins Geheimnis gezogen werden mußten, konnte ohne Mitwirkung Ambrosias nicht stattfinden, die, das wußte er wohl, weder dazu ihre Zustimmung geben, noch sich auf andere Weise bewußt zur Förderung seiner Zwecke herbeilassen würde. – Aber sollte sie nicht unbewußt dazu verleitet werden können? Sollte ein Weib, jung und von Schönheit und Lebensfülle strotzend wie Ambrosia, aus tiefer Einsamkeit plötzlich in die Wirbel des Weltlebens hinausgestoßen, den Versuchungen, denen so viele erlagen, widerstehen können, wenn nur erst solche einschmeichelnd und verlockend an sie heranträten? – Diesen und ähnlichen Gedanken hingegeben stand er noch lange Zeit, von allem Zusammenhange mit der Außenwelt völlig abgelöst, in dunkler Nacht am einsamen Strande, bis lauer Frühlingsregen langsam auf ihn niederträufelnd ihn endlich wieder zum Bewußtsein erweckte und ihn bewog, sich nach Hause zu begeben, um dort, zu dem abenteuerlichsten Unternehmen entschlossen, die Bedingungen und Mittel zu dessen Ausführung in Erwägung zu ziehen.

Tags darauf trat Ruggiero gegen Mittag in das Gemach seiner Gemahlin. Sein Anzug, weder so geckenhaft überladen wie zur Zeit, da er den jugendlichen Ehemann spielte, noch so verwahrlost wie er in der letzten Zeit sich zu kleiden pflegte, zeigte sich dem Schnitte und der Wahl der Farbe nach seinem Stande wie seinem Alter vollkommen angemessen, die unruhige Beweglichkeit seiner Züge hatte stillem Ernste den Platz geräumt, ein wohlwollendes Lächeln spielte gewinnend um seine Lippen, und wenn auch in den unstät hin und her rollenden Augen ab und zu noch Blitze aufflammten, so trug doch seine Erscheinung wieder das Gepräge der sichern, ruhigen Würde, die Ambrosia an ihrem Gatten immer hochgeschätzt und nun so lange, so schmerzlich vermißt hatte. Sie freundlich begrüßend und in einem Lehnstuhle ihr gegenüber Platz nehmend, bemerkte er nach einigen einleitenden Worten, Irrtum und Torheit seien das Erbteil aller vom Weibe Geborenen, Leidenschaft verwirre und trübe auch den Besten den Blick, und der sei glücklich zu preisen, den Erkenntnis noch zur rechten Zeit den Abgrund wahrnehmen lasse, auf den er zuschreite. So habe auch ihn, seit der hassenswerte Anselmo mit so unerhörtem Undanke seine Liebe vergolten, ein böser Geist erfaßt, und ihn bald in maßlose Verzweiflung versinken, bald unerreichbaren Zielen in so sinnloser Verblendung nachstreben lassen, daß er sich dabei, wie er nun schmerzlich empfinde, der Gefahr, durch seine Rücksichtslosigkeit ihrer Frauenwürde zu nahe zu treten und ihre Achtung für immer zu verwirken, kaum jemals bewußt geworden sei. Dieses Bewußtsein sei ihm nun zurückgekehrt, und damit zugleich das Gefühl tiefer Beschämung und bitterer Reue in ihm erwacht, dem er nach langem Zögern erst jetzt Ausdruck zu geben wage, weil er nun den festen Vorsatz gefaßt habe, seine blinde Leidenschaft zügelnd, den Rest seiner Tage in Ruhe und Frieden an ihrer Seite zu verleben, und somit von ihrer Engelsgüte Vergebung für das Vergangene und für die Zukunft die Wiederkehr des hingebenden Vertrauens erwarten dürfe, das sie ihm sonst bewiesen und in welchem er immer das köstlichste Gut und das reichste Glück seines Lebens erkannt habe. Als nun Ambrosia ebenso überrascht als gerührt diese Sinnesänderung ihres Gemahles als eines der freudigsten Ereignisse ihres Lebens begrüßte und ihn aus der überwallenden Fülle ihres Herzens nicht nur völliger Vergebung, sondern auch der verdoppelten Wertschätzung und Zuneigung versicherte, mit der sie ihn nach dem ruhmvollen Siege, den er über sich selbst erfochten, fortan zu umgeben sich gedrungen fühle, nahm Ruggiero das Wort, um von ihr als Beweis für die Aufrichtigkeit der Gesinnungen, die sie soeben ausgesprochen habe, die Gewährung einer Bitte zu fordern, deren Erfüllung ihr nur geringe Opfer auflegen, ihn aber unendlich beglücken würde. Es liege ihm nämlich schon seit Jahren schwer auf dem Herzen, sie ihre Tage an seiner Seite in so völliger Abgeschlossenheit hinbringen zu sehen. Schönheit bedürfe des Tageslichtes, Jugend des Wechsels und der Bewegung, um sich glücklich zu fühlen, und da ihr Glück die heilige Aufgabe seines Lebens sei, so fühle er sich nun, nachdem seine krankhafte Verstimmung die letzten Monate hindurch ihr Leben so vielfach verbittert habe, doppelt verpflichtet, darauf zu dringen, daß sie aus der Einsamkeit, in die sie sich mit ihm, dem altersschwachen Greise begraben habe, hervortrete, sich der Welt zeige, die Freuden eines bewegten, wechselvollen Lebens genieße und die ihrer Schönheit gebührenden Huldigungen in Empfang nehme. Dies sei seine Bitte, dies der Wunsch, durch dessen Erfüllung sie seinem hinwelkenden Alter noch eine letzte Freude gewähren könne. Ambrosia, zwar von Jugend an ein einsames, in stiller Pflichterfüllung abgeschlossenes Leben gewöhnt, aber eben darum der Gleichförmigkeit der Tage nicht sowohl überdrüssig, als ab und zu etwas müde, und dabei, ohne sich darüber je klar geworden zu sein, nicht ohne eine Art von neugierigem Verlangen, eine Welt kennenzulernen, die ihr bis dahin völlig fremd geblieben war, wußte dem ungestümen Drängen Ruggieros nur einige leicht widerlegte Einwendungen entgegenzustellen, und fühlte sich, als sie nach einigem Zögern endlich auf sein Verlangen einzugehen versprach, durch die Aussicht, die sich ihr damit eröffnete, selbst im Herzen so freudig überrascht, daß sie nichts von den Flammen, die in Ruggieros Augen aufblitzten, noch von dem häßlichen Lächeln bemerkte, zu dem seine Lippen sich dabei verzogen. Selbst als er ihr erklärte, seine Hinfälligkeit und Gebrechlichkeit zwinge ihn, auf das Glück zu verzichten, sie selbst in die Welt einzuführen, dagegen werde eine seiner Verwandten, Donna Olympia Bojardo, in dieser Beziehung seine Stelle vertreten, erstaunte sie wohl, da er sie sonst vor dem Umgange mit dieser Dame, als einem gefallsüchtigen und etwas leichtfertigen Frauenzimmer, gewarnt hatte; da er ihr aber begütigend auseinandersetzte, daß Donna Olympia nichtsdestoweniger des besten Rufes genieße und ihrer ausgebreiteten Bekanntschaft wegen vor allen zu der ihr zugedachten Rolle geeignet sei, gab sie sich um so leichter zufrieden, als er das Gespräch alsbald auf die Auswahl von Gewändern, Kopfputz und Juwelen hinlenkte, mit denen er sie bei den Festlichkeiten, an denen sie teilnehmen sollte, auszustatten versprach, wie er sie denn auch wirklich damit in so verschwenderischer Fülle überhäufte, daß Ambrosia, verlockt von so ungewohnter Pracht, endlich selbst den Tag herbeiwünschte, der sie in die ihr unbekannte Welt einführen sollte.

Es kam endlich dieser Tag! Donna Olympia hielt in der Gondel vor dem Hause, um die von Jugend, Schönheit und Juwelen strahlende Ambrosia in den Ridotto, einen nur dem Adel Venedigs zugänglichen Festsaal abzuholen, in welchem, obwohl zunächst nur begründet, um vornehmen Liebhabern von Würfel- und anderen Glücksspielen als Versammlungsort zu dienen, während der Dauer des Karnevals ausnahmsweise auch Maskenbälle abgehalten wurden. Ruggiero, der seine Gemahlin bis zum Portal des Hauses geleitet hatte, nahm, während sie ihre blühenden Wangen unter der Halblarve von schwarzem Samt verbarg, auf das zärtlichste von ihr Abschied und wünschte ihr, die Ballnacht fröhlich und vergnügt zu verbringen, während er selbst, fröstelnd und von Gichtschmerzen geplagt, alsbald sein Lager aufsuchen und seine müden Glieder zur Ruhe zu strecken gedenke. Kaum war jedoch die Gondel mit den beiden Damen eine Strecke auf dem Canal grande hingeglitten, als er sich in seine Gemächer zurückbegab, um sich dort in einen unscheinbaren schwarzen Domino zu hüllen, eine Kapuze von gleicher Farbe überzuwerfen, und das Antlitz, durch eine Barege verborgen, die Farbe und die Züge eines Mulattengesichtes nachahmte, durch ein Hinterpförtchen hinaus, enge Gäßchen entlang, Brücken hinauf und hinab nach demselben Saale zu eilen, dessen glänzende Räume Ambrosia eben betreten hatte. Mit Vergnügen bemerkte er, daß ihre hohe, schlanke Gestalt, die Anmut ihrer Bewegungen, die Würde ihrer Haltung bereits allgemeines Aufsehen erregt hatten, und daß ringsum jedermann vor Neugier brannte, ein Antlitz zu schauen, für dessen ungewöhnliche Schönheit alles, was die neidische Larve nicht verbarg, ein kirschroter Mund, eine Reihe von Perlenzähnen, und die niedlichen Grübchen des reizenden Kinns so sichere Bürgschaft gaben. Diese Neugierde wurde noch dadurch gesteigert, daß Donna Olympia, die bei der unbezwinglichen

Leichtfertigkeit ihres Wesens sehr bald erkannt worden war, hartnäckig verweigerte, über Namen, Stand und Verhältnisse ihrer reizenden Begleiterin irgendeinen Aufschluß, ja auch nur eine Andeutung zu geben. Zu diesem Verfahren bewogen Donna Olympia einerseits die Bitten Ambrosias, die für ihre ersten Entdeckungsreisen in einer ihr neuen Welt den Schatz des vollkommensten Geheimnisses in Anspruch nahm, andererseits aber hoffte die Gefallsüchtige, damit sich und ihrer Begleiterin nur im so sicherer die allgemeine Aufmerksamkeit zu gewinnen und festzuhalten. Diese Berechnung erwies sich auch als vollkommen richtig; bald war um die beiden Frauen die Blüte des Adels von Venedig, Weise wie Toren, jugendliche Zierbengel wie gewiegte Staatsmänner, in einem Kreise versammelt, in dessen Mittelpunkt Ambrosia, die ihr dargebrachten Huldigungen mit anmutigen Scherzen erwidernd, zu Ruggieros stolzer Freude sich mit ebenso vieler Unbefangenheit als Würde bewegte und, gegen alle freundlich, keinen bevorzugte.

Als die Gesellschaft gegen Morgen sich zum Aufbruch rüstete, schlich Ruggiero sich fort, um unbemerkt, wie er es verlassen sich wieder nach Hause zu stehlen, und vielerlei Gedanken in sich herumwälzend, sein einsames Lager aufzusuchen. Am nächsten Morgen ließ er sich von Ambrosia, nachdem er ihr ganz der Wahrheit gemäß geklagt hatte, seinerseits eine unruhige, fast schlaflose Nacht zugebracht zu haben, ausführlich über die Ereignisse des Abends berichten und die Namen aller derer herzählen, mit denen sie bei Tanz und Spiel, im Gespräche oder während des Festmahls irgend in Berührung gekommen waren; aber wie viele und bedeutende, durch Jugend und Schönheit oder hohe Geistesgaben ausgezeichnete Männer sich auch um Ambrosia bemüht hatten, und wie listig auch Ruggiero durch Kreuz- und Querfragen aller Art dem Eindrucke nachspürte, den dieser oder jener, wenn nicht auf ihr Gemüt, doch auf ihre Phantasie, ihr selbst unbewußt, gemacht haben mochte: Ambrosia fällte über alle das richtigste, unbestochenste Urteil, und wenn sie hier und da einem einzelnen Beifall zollte, so geschah dies so offen und rückhaltlos, daß man wohl sah, wie ihr Herz dabei nichts zu verhehlen habe. Ruggiero, in gleichem Maße von warmer Neigung für seine Gemahlin und von unbezwinglichem Rachedurst erfüllt, erkannte halb mit stolzer Freude, halb mit Mißvergnügen diesen Stand der Dinge und hoffte und fürchtete zugleich, ihn im

Verlaufe des Karnevals, der Ambrosien wiederholt Gelegenheit bot, sich der Welt zu zeigen, einige Veränderung erfahren zu sehen. Allein die beiden nächsten Feste, an denen Ambrosia teilnahm, lieferten keine anderen Ergebnisse als jenes erste.

Mittlerweile war der Frühling herangekommen, und der Karneval, vom Klima begünstigt, trug, wie es in Italien immer üblich war, sein buntes Maskengewimmel aus den Häusern auf die Straße hinaus, um auf offenem Markte unter dem blauen Nachthimmel sein wirres Getriebe fortzusetzen. Und so geschah es, daß während eines im Ridotto abgehaltenen Maskenballes eine große Menge der in den prachtvollen Sälen versammelten Gäste in ihrem abenteuerlichen Maskenaufputz auf den Markusplatz hinauswogte, um sich in der milden Nachtluft zu erfrischen, und da Ambrosia sich unter ihrer Zahl befand, so fehlte auch nicht der Domino mit der Mulattenlarve, der, an einem der Pfeiler der neuen Porkurazien gelehnt, unverwandten Blickes jede ihrer Bewegungen beobachtete. Er war verstimmt und verdrossen, denn er sah den Augenblick herankommen, wo auch die Seifenblasen, an deren Regenbogenschimmer er sich die letzten Tage her ergötzt hatte, zerplatzen und alle seine Mühen ihm nichts als schlaflose Nächte eingetragen haben würden, als er plötzlich einen jungen Mann, hohen, schlanken Wuchses, mit leuchtenden, dunkelblauen Augen und hellbraunem, ans Blonde streifendem Haar in einem reichen, aber von der in Venedig üblichen Tracht etwas abweichenden Anzuge gewahrte, der Ambrosien ebenso aufmerksam als er selbst beobachtend, in leidenschaftlicher Erregung auf jedem Schritt folgte, und sich ihr, wie Eisen vom Magnet unwiderstehlich angezogen, auf jede Weise zu nähern suchte. Ruggiero erinnerte sich, den jungen Mann schon im Ridotto bemerkt zu haben, den dieser gegen Gebrauch und Herkommen ohne Larve oder irgendein Maskenzeichen betreten hatte; er mußte also ein Fremder sein, und Ruggiero war eben im Begriffe, über ihn und seine Verhältnisse Erkundigungen einzuziehen, als ein Zwischenfall ihn davon abhielt und ihm reicheren Stoff zu Beobachtungen gab, als er diese Nacht noch zu finden erwartet hatte. Es geschah nämlich, daß jene Nacht eine Schar Pulcinelli, Pantaloni, Colombini, Arlechini und deren altertümliche Begleiter Truffaldino, Tartaglia und Brighella an deren Spitze, begierig, ihre kecken Maskenstreiche auf einer geräumigeren Bühne fortzusetzen, und sämtlich offenbar viel minder vornehmen Kreisen angehörend als die Besucher des Ridotto, auf den Markusplatz wie in ein erobertes Land einbrach und in die daselbst versammelte Menge quiekend und grunzend, Peitschenschläge austeilend und Konfetti um sich werfend, unwiderstehlich wie Lawinensturz hineinstürmte. In dem Gedränge und Gewirre, das dadurch entstand, von ihrer Begleiterin Donna Olympia getrennt, gelang es zwar Ambrosien, sich selbst dem Andrange des vorbeibrausenden Maskenzuges zu entziehen, allein ihr Schleier ward ihr in dem Getümmel zur Hälfte vom Haupte gerissen, und sie war eben beschäftigt ihn wieder festzustecken, als der junge Fremde, der selbst in dem wildesten Hin- und Herwogen der aufgeregten Menge nicht von ihrer Seite gewichen war, zu ihr trat und ihr mit bedauernden Worten seinen Arm anbot, um sie in Sicherheit und zu ihrer Begleiterin zurückzubringen. Sei es nun, daß das Gefühl ihrer Verlassenheit in der sie rings umstürmenden Menge oder die plötzliche Ansprache des ihr völlig unbekannten Mannes Ambrosien verwirrte und die in den Schleier ordnende Hand fehlgreifen machte, genug, um selben Augenblick löste sich die Schleife, welche die Halblarve vor ihrem Gesichte festhielt. Die Larve fiel und zeigte das blühende Antlitz der Jugend und Schönheit strahlenden Frau dem Fremden, der, überwältigt von dem Anblicke so vielen Reizes, erst wie geblendet mit einem leisen Aufschrei der Bewunderung zurückprallte, dann aber starr und stumm wie verzückt die liebliche Erscheinung mit brennenden Blicken verschlang. Ambrosia, dadurch nur noch mehr verwirrt, verbarg das schamerglühende Antlitz wieder hastig hinter der Larve und verschwand, mit ablehnender Gebärde von dem Fremden sich abwendend, im Gedränge. Ruggiero, selbst von einer Woge des Menschenschwalles fortgerissen, sah sie erst einige Minuten später an Donna Olympias Seite wieder aus der Menge auftauchen und sich gegen die Piazetta hinwenden, wo bald darauf der Senator Malipiero sich den beiden Damen näherte, und nach einem kurzen Gespräche den jungen Fremden herbeiwinkte, um ihn den Damen, wie es schien in aller Form vorzustellen. Die beiden Paare schritten darauf die Riva degli Schiavoni entlang lustwandelnd auf und nieder, Donna Olympia schäkernd und scherzend am Arme Malipieros, Ambrosia aber stumm und zurückhaltend an der Seite des Fremden, der rücksichtsvoll und ehrerbietig, aber im ernsten und eifrigen Gespräche neben ihr herging. Als sie endlich wieder zur Piazetta zurückkehrten, sah Ruggiero, der sie in angemessener Entfernung beobachtete, bald darauf Malipiero die Damen zur Heimfahrt in ihre Gondel heben, gleichzeitig aber auch den Fremden in eine Gondel sich werfen, die auf seinen Befehl in gleicher Richtung mit jener der Damen, ohne Zweifel um Ambrosias Wohnung zu erkunden, dahinglitt; er vernahm, wie der am Ufer zurückbleibende Malipiero im Gespräche mit einem hinzutretenden Freunde des Fremden als eines jungen Deutschen, namens Heinrich Ilsung, erwähnte, der, aus einer angesehenen patrizischen Familie Augsburgs entsprossen, seit einiger Zeit in der Faktorei der Deutschen (fondavo dei tedeschi) seinen Aufenthalt genommen habe, um unter Anleitung des Geschäftsführers der Fugger in die Geheimnisse des Handelsverkehres mit der Levante eingeweiht zu werden. Erfreut, am Wege gefunden zu haben, was er sonst mühsam auszukundschaften gehabt hätte, schritt er halb befriedigt, halb mißvergnügt, Ambrosien grollend, den Deutschen verwünschend, und doch wieder des zur Erfüllung seiner Wünsche vorwärts getanen Schrittes sich freuend, auf den gewöhnlichen Schleichwegen seiner Wohnung zu.

Als Ruggiero am nächsten Morgen Ambrosia aufsuchte, um mit ihr wie gewöhnlich die Ereignisse des Abends zu besprechen, fand er sie zerstreut und verstimmt; sie erwähnte zwar Malipieros und des Fremden, den er ihr vorgestellt, ging aber bald auf andere Gegenstände über und zeigte sich überhaupt minder gesprächig und aufgeweckt, als dies sonst der Fall war, wenn sie ihrem Gemahl über die Abenteuer eines Festabends Bericht erstattete. Da sie nun ein ähnliches Benehmen auch bei der Besprechung der beiden nächstfolgenden Maskenbälle beobachtete und da auch während dieser letzteren Heinrich Ilsung keine Gelegenheit versäumte, sich Ambrosien zu nähern, ja sie eigentlich wie ihr Schatten auf Schritt und Tritt verfolgte, so konnte Ruggiero um so weniger zweifeln, daß der junge Deutsche es wäre, auf den er für das Gelingen seiner Pläne fürs erste sein Hoffen zu setzen habe, als auch Ambrosia an den Huldigungen des jungen Mannes unverkennbar Geschmack zu finden schien. Mit um so größerer Spannung sah Ruggiero demnach dem nächsten Maskenball entgegen, der bei dem Stande der Dinge und bei der leidenschaftlichen Erregung des jungen Deutschen auf dessen Bewerbungen offenbar von entscheidendem Einflusse sein mußte. Ruggiero versäumte auch nicht, sich an dem bestimmten Abend in seiner gewöhnlichen Verkleidung rechtzeitig im Ridotto einzufinden und sah auch gleich bei seinem Eintritte Ambrosia und Ilsung in einer Fensternische im eifrigen Gespräche begriffen; allein, als er sich zu näherer Betrachtung an sie heranzuschleichen versuchte, geriet er in das Gewirre des Maskenzuges, dessen Mitglieder als Lazzaroni und Fischermädchen von Capri angetan, von Tamburin und Kastagnetten begleitet, eine Tarantella zum besten gaben. Nach Beendigung des Tanzes dem Gedränge sich entwindend, fand er die Fensternische leer und sah Ambrosia wie gewöhnlich von einem Schwarm ihrer Bewunderer umgeben, deren Huldigungen sie jedoch an diesem Abend weder mit der Unbefangenheit hinzunehmen, noch mit der Heiterkeit zu erwidern schien, die sie sonst auszeichneten. Zerstreut, wortkarg und beinahe verlegen entzog sie sich vielmehr entweder ganz dem Gespräche oder gab sich demselben plötzlich mit fast fieberhafter Lebendigkeit hin; sie schien überhaupt eine gewisse innere Unruhe nicht bemeistern zu können, die sich am auffallendsten in dem fast ängstlichen Vestreben kundgab, jedes Zusammentreffen mit Heinrich Ilsung zu vermeiden, während dieser letztere seinerseits mit der Miene äußerster

Niedergeschlagenheit am letzten Ende des Saales an einem Pfeiler lehnte und wie ein Verbannter nach der Heimat zurückschauend, nur noch seine Blicke den Bewegungen der Geliebten folgen ließ.

Ruggiero besaß zu viel Erfahrung und Menschenkenntnis, um nicht aus diesem Verhalten der jungen Leute die Überzeugung zu schöpfen, daß es zwischen beiden zu einer Erklärung gekommen sei und daß Ambrosia fürs erste die Bewerbungen des jungen Deutschen zurückgewiesen habe. Darauf hatte er bei seiner Kenntnis von Ambrosias Charakter und ihren Gesinnungen allerdings rechnen müssen, aber ebenso zuversichtlich rechnete er darauf, die Leidenschaft des jungen Mannes werde ihren Widerstand zu überwinden und sich ihr vereinsamtes, liebebedürftiges Herz früher oder später zu erobern wissen. In dieser Hoffnung bestärkte ihn der Umstand, daß er Tags darauf zu seiner Gemahlin sich begebend auf der Schwelle ihres Gemaches die Nachricht empfing, sie sei unpäßlich und unleidlicher Kopfschmerz mache es ihr unmöglich, irgend jemand vor sich zu lassen. Der Kampf war also ein harter, blutiger gewesen, der Sieg nur mit schweren Wunden erkauft worden; der junge Deutsche hatte Eindruck gemacht, und so galt es nun, seiner Leidenschaft freien Spielraum zu gewähren, ihm Zeit und Gelegenheit zu schaffen, seine Bewerbungen fortzusetzen und Ambrosia vereinzelt und von dem eigenen Herzen verraten, ihm, dem gefährlichen Gegner, gegenüberzustellen. Ruggiero glaubte nach kurzer Überlegung in seiner scheinbaren Entfernung das untrüglichste Mittel zur Lösung dieser Aufgabe zu erkennen, und so ließ er Ambrosien noch an demselben Morgen melden, daß dringende Geschäfte ihn zwängen, sich auf längere Zeit nach Treviso zu begeben und, hierauf einiges Gepäck zusammenraffend, trat er ohne irgendeine Begleitung in einer Mietgondel unverweilt seine Reise an, die er aber nicht weiter als bis in die offene, gegen Mestre hin gelegene Lagune fortsetzte, wo er gegen Murano abzulenken befahl. Hier den Tag über verweilend, kehrte er bei dunkelndem Abend nach Venedig zurück, wo er in der Nähe des Campo San Stefano ans Land stieg und die Wohnung seines alten Bekannten Beppo aufsuchte, den er jedoch, um Ambrosiens Namen nicht ins Spiel zu bringen, nur insoweit ins Geheimnis zog, daß er ihm mitteilte, er habe gewisser Anschläge wegen, die Heinrich Ilsung, ein deutscher Abenteurer gegen ihn im Schilde zu führen scheine, eine Reise nach Treviso anzutreten vorgegeben, um, mittlerweile sich in Venedig verborgen haltend, das Vorhaben seines Gegners in aller Sicherheit auskundschaften zu können. Zu diesem Behufe beauftragte er Beppo, mit seinen Söhnen dem Treiben dieses Heinrich Ilsung und jedem seiner Schritte auf das sorgfältigste nachzuspüren und ihm täglich darüber Bericht zu erstatten, worauf er, von Beppo seines unbegrenzten Diensteifers versichert, dem Verstecke zueilte, in dem er sich für die Dauer seiner angeblichen Reise aufzuhalten gedachte. Dieser war kein anderer als das Haus an der Veronabrücke. Ruggiero hatte seit der letzten verhängnisvollen Zusammenkunft mit Anselmo nicht nur seine Schwelle nicht mehr betreten, sondern auch sorgfältig vermieden, der Gegend nahe zu kommen, in der es lag; ja selbst nur davon zu hören war ihm allmählich so peinlich geworden, daß er die für Anselmos Haushalt bestellten Diener bis zum Hausbesorger hinab entließ und, das Haustor kurzweg abschließend, das Haus lieber in Trümmer gehen zu lassen, als auch nur mehr einen Gedanken daran zu wenden, beschlossen hatte. Allein die dämonische Gewalt, die sein ganzes Wesen verwandelnd ihn seit Monaten ruhelos vorwärts trieb, hatte ihn auch über die Kluft dieses Vorsatzes leicht hinweggehoben und er schritt, nun ein freiwilliger Bewohner des verhaßten Hauses, durch den Anblick der fürstlich geschmückten Räume nur noch mehr erbittert, über seinen Plänen brütend, die lange Reihe seiner todstillen Gemächer auf und nieder.

Mit Einbruch der Nacht erschien Beppo, ihn mit den nötigen Lebensmitteln zu versorgen und ihm die Ergebnisse der Beobachtungen, die er den Tag über angestellt hatte, mitzuteilen. Diese letzteren entsprachen jedoch keineswegs den Erwartungen Ruggieros, sondern erwiesen sich vielmehr der Erreichung seiner Zwecke täglich ungünstiger. Denn über Heinrich Ilsung und dessen Verhältnisse wußte Beppo nur zu berichten, daß er junge Mann des besten Rufes genieße, mit Eifer seinen geschäftlichen Obliegenheiten nachkomme und ein bei weitem stilleres und eingezogeneres Leben führe, als die meisten seiner Altersgenossen. In Beziehung auf die Anschläge, die er gegen Ruggiero, wie dieser Beppo und dessen Söhnen vorgespiegelt hatte, im Schilde führen sollte, war den letzteren aber nur der Umstand aufgefallen, daß der Fremde ab und zu im Kanal an Ruggieros Haus vorüberfahre oder gegen Abend in dem Gäßchen, auf welchen die Fenster des Schlafgemaches Ambrosiens hinausgingen, auf und nieder wandle. Dies war seit Ruggieros vorgeblicher Reise täglich geschehen; dabei aber war es geblieben. Was Ambrosia betraf, so meldete Beppo, der von Ruggiero Auftrag hatte, gelegentlich auch über den Stand der Dinge in dessen eigenem Hause Nachricht einzuziehen, daß seine Gemahlin unter dem Vorwande, es sei nicht schicklich, sich in der Abwesenheit ihres Ehegatten in der Welt zu zeigen, im Laufe des Karnevals keinem Ballfeste mehr beizuwohnen gedenke. Bei dieser Schüchternheit des jungen Deutschen und bei der Entschiedenheit, mit der Ambrosia jede Möglichkeit, das angeknüpfte Verhältnis fortzusetzen, abschneiden zu wollen schien, konnte Ruggiero nicht mehr erwarten, daß die Durchführung seiner Entwürfe, wie er gehofft hatte, durch die überwältigende Macht der Leidenschaft im Laufe der Dinge gleichsam von selbst sich ergeben würde. Bei den Charakteren, die sich hier einander gegenüberstanden, mußte er selbst Hand ans Werk legen, wenn seine Pläne zur Ausführung kommen sollten, und er war auch dazu entschlossen.

Vor allem setzte er der weiteren Überwachung Heinrich Ilsungs als einer ferner unnützen Maßregel ein Ziel, um freie Hand für seine Unternehmungen zu gewinnen und um Ambrosiens Ruf nicht zu gefährden; ferner erklärte er, unmittelbar nach dem nächsten Maskenballe, der im Ridotto stattfinden würde, von seiner vorgeblichen Reise nach Treviso in sein Haus zurückkehren zu wollen, beides zum großen Mißvergnügen Beppos und seiner Söhne, die den Tag verwünschten, der den Geldbeutel Ruggieros dem Bereiche ihrer Ansprüche entrücken sollte, während dieser letztere eben diesen Tag mit Ungeduld erwartete, um dem Stillstande, der in der Ausführung seiner Pläne eingetreten war, entgegenzuarbeiten. Der aber diesen Tag am sehnlichsten herbeiwünschte, war Heinrich Ilsung. Denn wenn auch Ambrosia das glühende Bekenntnis seiner Leidenschaft mit der Erklärung erwidert hatte, sie sei vermählt und ihre Pflicht gebiete ihr, bei den Gefühlen, die er für sie zu hegen bekenne, für jetzt und immer allen ferneren Umgang mit ihm abzubrechen, und wenn auch diese Erklärung, obgleich sie seine Hoffnungen rettungslos vernichtete, ihm selbst nicht nur als eine natürliche und notwendige erschien, sondern seine Verehrung für die Geliebte und seine hohe Meinung von der Reinheit und Vortrefflichkeit ihres

Wesens nur noch steigerte: so konnte es doch selbst seiner deutschen Treuherzigkeit und Bescheidenheit nicht entgehen, daß sie, wenn er ihr vollkommen gleichgültig geblieben wäre, seine Bewerbungen ohne Zweifel eher mit einer scherzhaften Wendung, als mit der Heftigkeit und Entschiedenheit abgelehnt hätte, mit der sie ihnen entgegengetreten war; und eben daraus hatte er die Hoffnung geschöpft, daß es ihm bei einer späteren Zusammenkunft gelingen werde, Ambrosien zu überzeugen, daß seine leidenschaftliche Bewunderung ihrer Vorzüge eine vollkommen uneigennützige und anspruchslose sei, und daß sie dadurch sich bestimmt finden werde, ihn wenigstens als Freund, als Bruder in ihrer Nähe zu dulden, eine Ansicht der Dinge, die ihm allmählich so geläufig wurde, daß er an dem für den Maskenball bestimmten Abend der erste war, der die Säle des Ridotto betrat, um nur gewiß keine Gelegenheit zu versäumen, sich in diesem Sinne mit Ambrosia zu verständigen. Anfangs hatte er nur mit seiner Ungeduld zu kämpfen, die aber, als die Nacht vorrückte, ohne daß Ambrosia erschien, allmählich zu fieberhafter Unruhe sich steigerte und später, als mit dem Eintritte Donna Olympias sich das Gerücht verbreitete, ihre schöne Begleiterin gedenke weder diesen Abend noch späterhin an den Freuden des Karnevals mehr teilzunehmen, in solche Bestürzung umschlug, daß er, unfähig sich zu sammeln und seinen Schmerz zu verbergen, halb bewußtlos den Saal verließ und ins Freie flüchtend den Markusplatz entlang, der stilleren und dunkleren Piazetta zueilte. Dort nicht mehr von dem Gewühle der frohbewegten Menge umbraust, nicht mehr von den heiteren Klängen der Musik verfolgt, starrte er, an einen Pfeiler des Dogenpalastes gelehnt, zum Tode betrübt auf die im Mondlicht glitzernde Lagune hinaus.

Sein Schicksal war also entschieden; seine Hoffnungen hatten ihn getäuscht, sie zürnte seiner Vermessenheit, und ihr Zorn war unversöhnlich; seinetwegen entzog sie sich den Festen des Karnevals, sie wollte ihn nicht mehr sehen, die haßte ihn! Diesen folternden Gedanken nachhängend fühlte er plötzlich eine Hand seine Schulter berühren und hörte eine offenbar verstellte Stimme ihm leise zuflüstern: »Messer Enrico, warum so einsam?« – Sich rasch umwendend, sah er einen Mann in einen schwarzen Domino gehüllt vor sich stehen, aus dessen Kapuze ein Mulattenantlitz hervorgrinste. Er trat einen Schritt zurück und war im Begriffe, die Maske kurz abzufertigen und zu verlassen, als sich Ruggiero wieder an ihn herandrängte und sprach: »Habt Ihr nie gehofft, daß der Schein trügt und daß oft auf Morgennebel die schönste Tage folgen? Gebt Euch doch erst die Mühe zu zweifeln, ehe Ihr verzweifelt! Oder macht es Euch unglücklich, als gefährlich gemieden zu sein und möchtet Ihr lieber als gleichgültig geduldet werden? Steht Ihr da und gafft in den Mond, weil Euch die goldenen Äpfel nicht in den Schoß fallen, noch ehe Ihr den Baum geschüttelt?« – Diese Worte paßten genau auf die Lage, in der sich Ilsung befand und entsprachen zu sehr den Gedanken, die ihn bewegten, als daß sie ihre Wirkung auf ihn hätten verfehlen können; auch fuhr der Jüngling augenblicklich wie ein Adler auf den schwarzen Domino los, hielt ihn fest und bestürmte ihn mit Fragen: Wer er sei? Was er mit den Worten meine, die er eben gesprochen? Was und wieviel er von ihm wisse? – »Ich weiß von Euch,« erwiderte Ruggiero, »daß Ihr eben aus dem Neste kommt und noch nicht flügge seid; denn Ihr möchtet siegen, ohne gekämpft, ernten, ohne das Feld bestellt zu haben; geliebt sein, aber weder um die Geliebte werben, noch das Glück der Liebe, wie es sich ziemt, mit Unruhe, Sorge und Zweifel bezahlen! Ich weiß, daß Ihr Worte bedürft, die Euch aufstacheln, Augen, die für Euch sehen und Hände, die Euch führen, und was ich von diesen Artikeln besitze, steht Euch zu Diensten, wenn Ihr anders davon Gebrauch machen wollt!« – Der Jüngling, erst betroffen und unschlüssig, ward bald von diesen und anderen Redensarten so bestrickt und eingenommen, daß er in arglosem Vertrauen dem schwarzen Domino allmählich alle Geheimnisse seines Herzens, seine leidenschaftliche Liebe zu Ambrosia, den Anteil, den sie ihm anfangs bezeigt, die Kälte und Härte, mit der sie später das Bekenntnis seiner Liebe zurückgewiesen und ihn aus ihrer Nähe verbannt hatte, rückhaltlos mitteilte und sich als Entgelt für diese Geständnisse seinen Rat, seinen Beistand, seine Freundschaft erbat.

Da nun Ruggiero aus diesen mit der ganzen Überschwänglichkeit der Jugend vorgetragenen Mitteilungen zu seiner Befriedigung entnahm, daß Heinrich Ilsung, bei seiner Schüchternheit und seiner Unkunde der Menschen und der Dinge, bisher in Beziehung auf Ambrosia und ihre Verhältnisse nicht viel mehr als eben nur ihren Namen und ihre Wohnung zu erkunden vermocht habe, so war es ihm ein Leichtes, dem Arglosen auseinanderzusetzen, daß Malgrati,

Ambrosias Gatte, ein wunderlicher, grämlicher und eigenwilliger Geselle, ihr das Leben auf alle Weise verbittere und vergälle, daß er, Ilsung, daher seine Liebe zu ihr durchaus nicht als ein Unrecht, sondern vielmehr als eine Fügung des Himmels aufzufassen habe, der ihn der Unglücklichen als Freund und Tröster in ihren Nöten zusende, wie denn auch die Zurückweisung, die er von Ambrosien erfahren, gewiß nicht ernst gemeint, sondern nur eine Mahnung wäre, bei seinen Bewerbungen die einer ehrbaren Frau schuldigen Rücksichten gehörig ins Auge zu fassen. Als nun aber der Jüngling in leidenschaftliche Klagen darüber ausbrach, daß sie an den Festen des Karnevals nicht mehr teilzunehmen gedenke und ihn dadurch aller Gelegenheit beraube, ihre Neigung zu gewinnen, wenn dies überhaupt noch im Bereich der Möglichkeit läge, meinte der Domino mit der Mulattenlarve, bequemer wäre es allerdings, wenn die Geliebte sich ihm geradezu an den Hals würfe; allein Frauen hätten eben die Schwachheit, erkämpft und erobert, nicht nebenbei wie Gänseblümchen am Wiesenrain abgepflückt werden zu wollen! Gelegenheit, setzte er hinzu, wenn sie sich nicht von selbst fände, müßte hervorgerufen werden, dem fliehenden Feinde beizeiten der Rückzug abgeschnitten werden; es müßte denn sein, daß kein Blumenstrauß mehr in Venedig zu beschaffen oder er selbst nicht imstande wäre, ein paar Sonette zusammenzuleimen, oder einen Trupp Musiker zu einer anständigen Serenade aufzutreiben. Diese Andeutungen eröffneten dem jungen Manne eine ihm bisher verschlossen gewesene Welt und erfüllten ihn mit um so größerem Entzücken, als sich Ruggiero hierbei schlau genug das Ansehen zu geben verstand, als wäre bei seiner Einmischung in die Herzensangelegenheiten Heinrich Ilsungs insgeheim Ambrosias Einfluß im Spiele. Der erste Freudentaumel des Verliebten wurde indes durch die Erwägung der Schwierigkeiten getrübt, mit denen ihm, einem völligen Neulinge in solchen Dingen, die Ausführung der Vorschläge Ruggieros verbunden schien, bis dieser ihm nicht nur Ort und Stunde für die Serenaden auszukundschaften versprach, sondern auch die richtige Bestellung der Blumensträuße wie der Sonette verbürgte und sich dadurch das unbedingte Vertrauen des jungen Mannes gewann. Sie besprachen denn auch sofort die ersten und dringendsten Vorkehrungen, verabredeten die Stunde, um die sie sich in den folgenden Nächten bei San Giovanni e Paolo vor dem Reiterstandbilde des Colleoni zu ferneren Verhandlungen treffen wollten, und trennten sich sodann, um ihr Lager aufzusuchen, jeder, wenn auch in ganz anderem Sinne, von den Ereignissen der hingeschwundenen Nacht höchlich befriedigt.

Als Ruggiero, am nächsten Morgen in dem totenstillen Hause an der Veronabrücke erwachend, bei sich die Wege erwog, die er zunächst einzuschlagen habe, fiel es ihm plötzlich schwer aufs Herz, welches Gewebe von Lüge, Trug und Verstellung er um sich hier anzettle, welchen schweren und schmerzlichen Kämpfen er seine edle Gemahlin aussetze und wie wenig es ihm, dem alten ehrenhaften Kriegsmanne, zieme, so krumme Wege und zu so schlimmem Ziele zu wandeln. Die Empfindungen von Scham und Bedauern, die sich bei dieser Betrachtung ihm aufdrangen, würden auch vielleicht in seinem Herzen die Oberhand behauptet und ihn bewogen haben, zuletzt doch noch von seinem abenteuerlichen Plane abzusehen, wenn er nicht, das Haus durchwandernd, unversehens in das Gemach getreten wäre, in dem dereinst seine letzte Zusammenkunft mit Anselmo ein so bedauerliches Ende genommen hatte. Der Anblick dieses Gemaches, die Stätte seiner Schmach, wie er es nannte, genügte, in seiner Brust den verlodernden Brand wieder zur hellen Flamme anzufachen, und ihn mit dem glühenden Verlangen zu erfüllen, die einmal gefaßten Entwürfe um jeden Preis auszuführen. Und so verließ er, ohne weiterer Überlegung Raum zu geben, das Haus an der Veronabrücke, um sofort als reisender Wanderer in seine Wohnung am Canale grande zurückzukehren, wo ihn Ambrosia als einen längst sehnlichst Erwarteten mit aufrichtiger Freude empfing. Als nach den ersten Begrüßungen Ruggiero über den Zweck und die Erfolge seiner vorgeblichen Reise berichtet hatte, und nun an Ambrosia mit der Frage sich wendete, ob sie während der Zeit ihrer Trennung sich ihrem Versprechen gemäß verhalten und die Freuden des Lebens in fröhlicher Gesellschaft genossen habe, stand diese wie mit Purpurglut übergossen und berief sich, die Blicke auf den Estrich des Gemaches geheftet, auf eine hartnäckige Unpäßlichkeit, die sie längere Zeit das Haus zu hüten und in stiller Einsamamkeit ihrer Gesundheit zu pflegen gezwungen habe, eine Angabe, die auch ihr Aussehen als vollkommen richtig zu bestätigen schien; denn ihre Wangen waren von durchsichtiger Blässe angehaucht, ihre sonst so hell und frisch leuchtenden Augen blickten matt und träumerisch und selbst ihre Bewegungen, früher rasch und lebhaft, schien jetzt weiche, müde Gelassenheit wie in ein weites faltenreiches Gewand malerisch einzuhüllen. Gleichwohl trug ihr Anblick keineswegs das Gepräge der Kränklichkeit, vielmehr hatte ihr Wesen, von sanfter Schwermut wie mit Nebeldunst umflossen, an bezauberndem Reize gewonnen, was es an mädchenhafter Frische eingebüßt haben mochte. Aber nicht bloß ihr Äußeres, auch ihr Gemüt trug das unverkennbare Gepräge der Vergeistigung und Erhebung, die sich, namentlich gegenüber ihrem Gatten, durch solche Innigkeit und Hingebung der Gesinnung, durch eine so vorahnende Sorgfalt für seine Bedürfnisse kund gab, wie sie ihr früher niemals zu Gebote standen. Ruggiero indes, obwohl keiner dieser Züge seiner Beobachtung entging, war zu sehr von dem einen Gedanken, der seine ganze Seele einnahm, beherrscht, und in dem eigensinnigen Streben nach dessen Verwirklichung bereits zu weit gegangen, um sie in irgendeinem anderen Sinne als dem der Brauchbarkeit für seine Zwecke aufzufassen und zu erwägen. Auch säumte er nicht, schon in den nächsten Tagen nach seiner Heimkehr ans Werk zu gehen und mit unermüdetem Eifer, wie es nur irgend anging und wo nur eine Gelegenheit sich bot, der Phantasie Ambrosias das Bild Heinrich Ilsungs aufzudringen. Wenn sie abends auf den Balkon trat, so war es der junge Deutsche, der unten im Kanal in einer Gondel sehnsüchtig nach ihr hinaufblickend, vorüberglitt; wenn sie, von den schmelzenden Klängen der Serenade gelockt, in das Gäßchen hinabblickte, das unter dem Fenster ihres Schlafgemaches hinlief, so war es seine wohlklingende Stimme, die von Mandoline und Flöte begleitet ihr entgegentönte; sein Antlitz war es, das im zitternden Fackelschimmer aus der Mitte der Musiker zu ihr emporschaute. Zudem fanden sich in dem innersten Heiligtum ihrer Gemächer bald seltene Blumen und Gewächse aufgestellt, bald schmückten zierlich geflochtene Kränze den Hals ihrer Laute, bald lagen auf ihrem Putztische anmutige Sonette auf ambraduftendem Papier mehr hingemalt als geschrieben, ohne daß Ambrosia jemals ergründen konnte, wie diese Dinge dahingekommen, wenn sie auch nicht wohl im Zweifel sein konnte, von wem die kamen.

Allein der Eindruck, den alle diese Überraschungen auf Ambrosia machten, war keineswegs der von Ruggiero gewünschte; sie vermied es nämlich allmählich, sich auf dem Balkon zu zeigen; sie zog sich vor den Klängen der Serenaden in das Innerste des Hauses zurück; Blumen und Kränze aber zerpflückte sie und die Gedichte ließ sie, in kleine Stücke zerrissen, in den Kanal hinabflattern, und zwar wie vorsätzlich oft gerade in dem Augenblicke, wenn der junge Deutsche unten in der Gondel vorüberfuhr. Viele Tage waren so vergangen; die Leidenschaft Heinrich Ilsungs war mittlerweile in dem Maße gestiegen, als die verderblichen Ratschläge des geheimnisvollen schwarzen Dominos mit der Mulattenlarve seine Achtung für Ambrosia untergraben und sein reines, unwillkürlich vor jedem Unrecht zurückbebendes Gemüt allmählich so verwirrt und verwandelt hatte, daß ihm jetzt der Besitz der Geliebten auch um den Preis eines Verbrechens nicht mehr zu teuer erkauft schien. Hierzu kam noch, daß er auf Ruggieros Andeutungen hin sich längst in der Überzeugung befestigt hatte, daß Ambrosia nicht nur seine Empfindungen teilte, sondern auch, daß sie den schwarzen Domino zum Vermittler eines Verhältnisses bestellt habe, dem sie rückhaltlos sich hinzugeben nur aus Laune oder aus Scheu noch zaudere. Es konnte daher Ruggiero, der es endlich für angemessen hielt, einen entscheidenden Schritt zu tun, nicht schwer fallen, den jungen Mann zur Abfassung eines Schreibens zu bewegen, in dem er auf diese Voraussetzung hin Ambrosia in den glühendsten Ausdrücken beschwor, nunmehr aller Rücksichten und Bedenken sich zu entschlagen, ihren Gefühlen nicht länger Gewalt anzutun und seinem wie ihrem eigenen Herzen durch eine Zusammenkunft die Möglichkeit zu gewähren, sich endlich für immer zu verständigen und zu verbinden. Ilsung hatte dies eigenhändige und mit seinem Namen unterzeichnete Schreiben kaum vor dem Reiterstandbilde Colleonis Ruggiero übergeben, als dieser, der dessen Bestellung zu besorgen übernommen hatte, ungesäumt damit nach Hause eilte, dort hastig seine Verhüllung abwerfend, sich in das Betstübchen schlich, in dem Ambrosia ihre Abendandacht zu verrichten pflegte, das Blatt auf ihren Betschemel niederlegte und dann so unbemerkt als er gekommen sich wieder entfernend in sein Gemach zurückkehrte, um den Erfolg seines Wagnisses in Ruhe abzuwarten. Er hatte nicht lange darauf zu warten; noch lagen der schwarze Domino und die Mulattenlarve, wie er sie eben abgelegt hatte, auf dem Tischchen, an dessen Seite er erschöpft in einen Lehnstuhl hingesunken war, als plötzlich die Türe des Gemaches aufflog und Ambrosia, den geöffneten Brief in der Hand, auf ihrer Schwelle erschien. Ihr Auge leuchtete und Entrüstung sprach aus jeder Miene; dabei war sie bleich bis in die Lippen und ihre Stimme zitterte, als sie auf Ruggiero zuschritt und, in der heftigsten Bewegung halb nach Atem ringend, halb ihre Rede in kurz abgebrochenen Sätzen gewaltsam herausstoßend, ihm sagte, wie sie schon seit Wochen her von einem verwegenen Fremdlinge zum Gegenstande tolldreister Huldigungen ausersehen worden, wie sie gleichwohl bis zum heutigen Tage vermieden habe, ihren Gatten mit irgendeiner Klage zu beunruhigen; heute jedoch überschreite die freche Anmaßung ihres Verfolgers die letzte Grenze des Möglichen: heute geböten ihr ihr Gewissen und die Sorge für die Ehre des Namens, den sie trage, aus ihrem Schweigen hervorzutreten und den Schutz ihres Gatten um so mehr anzuflehen, als der Frevler offenbar mit einem der Diener des Hauses in Verbindung stehe und niemand berechnen könne, welche noch schlimmeren Anschläge er vielleicht im Schilde führe. »Hier nehmt,« setzte sie hinzu, indem sie Ruggiero den in ihrer zitternden Hand hin und her flatternden Brief hinreichte, »hier nehmt und lest! Seht, wie der Wahnsinnige mich verleumdet und verlästert, wessen er mich fähig hält und was er mir zumutet! In Eure Arme flüchte ich, mein Herr und Gemahl! Beschützt und rettet mich! Ruft den Beistand des Gesetzes an, braucht Euren Einfluß bei dem Rat der Zehn, daß er den vermessenen Fremdling aus Venedig entferne, ehe ich in Zorn und Beschämung, Selbstverachtung und Gram mich verzehre!« – Mit diesen Worten versagte ihr in krampfhaftem Schluchzen die Stimme; atemlos und fast taumelnd griff sie nach einem nahestehenden Stuhle, auf dessen Lehne gestützt sie mühsam sich erhielt und gesenkten Hauptes in Tränen gebadet, Ruggieros Antwort erwartete. Dieser aber, der keineswegs erwartet hatte, daß die Sache diese Wendung nehmen würde, griff, um Zeit und Fassung zu gewinnen, nach dem Briefe, den Ambrosia auf das neben ihm stehende Tischchen hingeworfen hatte, entfaltete ihn mit gerunzelter Stirne und allem Anscheine äußerster Entrüstung und begleitete, ihn halblaut vor sich hinlesend, seinen wohlbekannten Inhalt mit dazwischen geworfenen Fragen, Ausrufen und spöttischen Bemerkungen! – »Die entzückende Gewißheit der Erwiderung seiner Gefühle« – Pah, der Bursche, scheint es, hält sich für unwiderstehlich! »Der Stimme Eures Herzens Gehör schenken!« – Immer besser! – »Zusammenkunft!« – Tod und Teufel! Da hinaus will er, aber ich werde sorgen – Hier an das Ende des Briefes gelangt, hielt er plötzlich inne, ließ das Blatt sinken und wiederholte mit der Miene völliger Überraschung mehrere Male, als ob er ihn erst aus der Unterschrift kennen lerne, den Namen des Verfassers! – »Heinrich Ilsung,« sagte er, den Brief sorgsam zusammenfaltend und vor sich hinlegend, »Heinrich Ilsung! Das ist freilich ein anderes! In der Tat ein kecker, unternehmender Bursche, dieser Ilsung!

aber,« setzte er nach einer Pause hinzu, indem seine Stirne sich glättete und ein seltsames Lächeln um seine Lippen spielte, »jung, sehr jung, und wenn wir sündigen Menschen alle der Nachsicht bedürfen, wie dürften wir sie unreifer, grüner Jugend versagen?«

Ambrosia, die bis dahin gesenkten Hauptes, wie vom Traum befangen, an den Stuhl gelehnt und jeden Augenblick den Zorn ihres Gatten in Donnerworten losbrechen zu hören erwartet hatte, erhob bei diesen Worten betroffen ihre noch tränenfeuchten Augen und blickte wie fragend nach Ruggiero hin; dieser aber fuhr fort: »Ihr müßt wissen, Ambrosia, daß dieser Ilsung aus einem vornehmen patrizischen Geschlechte Augsburgs entsprossen, reich und wohlerzogen, obgleich, wie sich zeigt, etwas leichtsinniger und verwegener Natur ist, und daß ich, teils aus Wohlgefallen an seinem heitern, anmutigen Wesen, teils auf vielfache Empfehlung hin beschlossen hatte, den jungen Mann in unser Haus zu ziehen, so daß es sich nun fragt, ob es nach Euren Mitteilungen geratener sei, diesen Plan aufzugeben, oder ihn nichtsdestoweniger zur Ausführung zu bringen?« »Wie, was sagt Ihr? – Ihr könntet – jetzt noch wolltet Ihr?« unterbrach ihn Ambrosia, kaum Antwort findend, ihr Erstaunen auszudrücken. Ruggiero aber, der seine Fassung vollkommen wiedergewonnen und mit dem Mute und der Ausdauer der Verzweiflung alles aufzubieten beschlossen hatte, um Ambrosien trotz ihres offenen Widerstandes wenigstens einige Zugeständnisse abzulisten, erwiderte darauf: »Und warum sollte ich nicht? – Ich bin alt und gebrechlich, Donna Olympia wird auf die Länge Eurer Schönheit nicht mehr zur Folie dienen wollen; Ihr bedürft eines Kavaliers, der Euch in die Gondel steigen hilft, Euch auf Spaziergängen den Arm bietet, in Gesellschaften führt und nach Hause begleitet, mit einem Worte eines Cicisbeo, wie wir es hierzulande nennen, und wie alle Frauen Eures Standes sich ihn gefallen lassen! Warum sollte dieser Deutsche Euch nicht als solcher willkommen sein? Er ist in Euch verliebt? Gut; um so fügsamer und willfähriger werdet Ihr ihn finden! Er rechnet auf Eure Gegenliebe? Nun, diesen Wahn, zweifle ich nicht, werdet Ihr ihm ehestens zu benehmen wissen! An die Stelle der Verfolgungen, die Euch bisher belästigten, werden offenkundige Huldigungen treten, und man wird als landesüblich in der Ordnung finden, was ohne Zweifel neugierigen Nachbarn bereits jetzt Anlaß zu boshaften Bemerkungen gegeben hat und vielleicht in der Zukunft zu noch schlimmeren Voraussetzungen Anlaß geben würde!« – Hier abbrechend, wollte er der Erwägung und Erwiderung Raum gewähren, erhob sich von seinem Stuhle und schritt das Gemach auf und nieder, als Ambrosia, die Betäubung, in der sie seine seltsamen Betrachtungen mit immer wachsendem Erstaunen vernommen hatte, gewaltsam abschüttelnd, ihm zurief: »Und der Brief, der Brief – angesichts dieser frechen, verleumderischen Schmähschrift könnt Ihr, der sie gelesen, mir zumuten, mir, die sie empfangen –« »Pah,« unterbrach sie Ruggiero, »wer weiß von dem Briefe, wenn wir davon nichts wissen wollen, wenn wir uns selbst und andern ableugnen ihn empfangen zu haben! Kommt zur Besinnung, Ambrosia,« fuhr er fort, indem er auf sie zuschritt und, die lauernden Blicke auf ihre Miene geheftet, hart vor ihr stehen blieb, »kommt zur Besinnung, und laßt Euch Hirngespinste nicht über den Kopf wachsen! Oder wollt Ihr durchaus einen Schülerstreich mit Ernst und Nachdruck behandelt wissen, nun so entschlagt Euch des Wahnes, ein alter Haudegen, wie ich es bin, könne in diesem Falle seine Zuflucht zu den Gerichten nehmen, sondern macht Euch nur darauf gefaßt, mich dieser Tage noch einmal meine mürben Knochen zu Markte tragen, ja mich vielleicht mit einem Degenstiche im Leibe heimkommen zu sehen! Nun, weiß Gott, wenn es Euch genehm ist, mir soll es nicht darauf ankommen!« Der Schmerzensschrei, in den Ambrosia, das Antlitz verzweiflungsvoll in den Händen verbergend, bei diesen Worten ausbrach, gab Ruggiero die beseligende Gewißheit, ihren Widerstand gebrochen und sie auf den Weg hingedrängt zu haben, den er sie führen wollte. Demnach erachtete er es für rätlich, um nicht die Nachwirkung des erschütternden Eindruckes abzuschwächen, den Ambrosia durch die letzte Wendung ihres Gespräches empfangen hatte, die fernere Verhandlung des Gegenstandes einstweilen auf sich beruhen zu lassen, und so sprach er, die bestürzte Gattin fast gerührt in die Arme schließend, mild und begütigend: »Beruhigt Euch, mein Herzblatt! Es wird dahin nicht kommen! Geht zu Bette, laßt Euer erhitztes Blut sich abkühlen, und über Nacht, zweifle und nicht, werdet Ihr selbst zu der Einsicht gelangen, daß die meisten Dinge auf Erden nur das bedeuten, als was wir sie gelten lassen, daß alle Verlegenheiten und Schwierigkeiten, in die wir geraten mögen, in dem Maße sich verschlimmern, als wir Lärm darüber schlagen und daß, alles wohl erwogen, mein Vorschlag, wie sehr er Euch befremde, denn doch am Ende das geeignetste Mittel darbietet, Euren jungen Anbeter zur

Vernunft zu bringen, oder doch seinen Wahnsinn, uns wie ihm selbst, möglichst unschädlich zu machen. Gute Nacht also und morgen das Weitere!« – Damit drückte er Ambrosia liebkosend an sein Herz, als diese, plötzlich sich seinen Armen entwindend und seine Hände krampfhaft in die ihren schließend, mit hochwogendem Busen also anhub: »Gott weiß es, mein teurer Gatte, daß ich vieltausendmal lieber mein Leben hinopfere, als das Eure irgendeiner Gefahr bloßstellen wollte! Gleichwohl gebieten mir Pflicht und Gewissen, die Mittel, deren Anwendung Ihr vorschlagt, zu verwerfen, und kein Überlegen kann diesen Entschluß erschüttern, denn –« hier innehaltend, senkte sie das Haupt auf die Brust und brach in lautes, ungestümes Schluchzen aus, das sie aber mit aller Anstrengung niederzukämpfen suchte. Als sie sich wieder erholt hatte, fuhr sie fort und sprach erschöpft mit müder, fast tonloser Stimme: »Ich muß Euch alles sagen! Ich habe den jungen Mann mehrere Male gesprochen! Ich weiß nicht, welcher Dämon ihn jetzt erfaßt, ihn sich selbst entfremdet und zu so verbrecherischen Schritten hingerissen haben mag. Damals, weiß ich, fand ich ihn schlichten und einfachen Sinnes, voll frischer und lebhafter Empfindungen, biedern und treuherzigen Gemütes und –« setzte sie bis in die Lippen erbleichend mit niedergeschlagenen Augen hinzu, »und er gefiel mir sehr wohl!« – Ruggiero kniff die Lippen zusammen, als er diese leise hingehauchten Worte vernahm, und ein Gefühl wie von Bitterkeit, ja von Schmerz durchzuckte seine Seele. Die Leidenschaft, die ihn beherrschte, war aber zu mächtig, als daß nicht die Sorge für das Gelingen seines Rachewerkes über diese Menschliche Regung bald wieder die Oberhand gewonnen hätte. »Nun, desto besser,« begann er, den Ton gutmütigen Scherzes anschlagend, »gefällt Euch der Bursche, so wird es Euch um so leichter werden, ihm den Kopf zurechtzusetzen! Und in der Tat, er ist ein hübscher Junge mit leuchtenden Augen und mit sprechenden Zügen, schlank und drall wie eine Tanne und überdies für einen Deutschen ganz feinen und einnehmenden Wesens! Dabei scheint er mir gutmütig und lenksam, und Ihr werdet, wenn Ihr auf meinen Vorschlag eingeht, ganz leichtes Spiel mit ihm haben, ihn ganz nach Eurem Geschmack heranziehen und in jede Form umgießen können, die Ihr ihm geben wollt! Nehmt nur die Sache nicht so schwer! Werft den verrückten Brief ins Feuer, fühlt Euch nicht von den Tollheiten eines Verliebten beleidigt, sondern ergötzt Euch an seinen Huldigungen und laßt

Euch anbeten! Was verschlägt es Euch? Behaltet Ihr doch freie Hand, ihn fortzuschicken, wenn er Euch langweilt, oder wenn er zudringlich wird, ihn mit einem: Bis hierher und nicht weiter! in seine Schranken zurückzuweisen!« – Er hielt inne, denn ein Seufzer entrang sich aus Ambrosias Brust, die bisher still in sich gekehrt, bleich wie ein Marmorbild vor ihm gestanden und jetzt, wie mit Purpurglut übergossen, flüsternd hinhauchte: »Und wenn es dahin käme, daß ich ihn liebte!« – Bei diesen Worten fuhr Ruggieros Hand unwillkürlich nach dem Dolche, den er am Gürtel trug, aber ebenso blitzschnell durchzuckte ihn der Gedanke, daß Ambrosia nur darum früher den Schein der Entrüstung über Ilsungs Brief angenommen habe, um zu erfahren, wie er, Ruggiero, sich verhalten würde, wenn sie in irgendeinen Liebeshandel sich einließe; daß er somit sein Spiel bereits gewonnen gehabt, daß sie einen solchen mit Ilsung einzugehen gleich von Anfang her nicht abgeneigt gewesen wäre, und zwar als er eben am meisten fürchtete, es zu verlieren. Die wilde Freude, die er darüber empfand, erstickte für den Augenblick in seiner Brust alle anderen Gefühle, die sich darin regen mochten, und sich wieder in seinen Lehnstuhl zurechtsetzend, sagte er laut auflachend und fast leichtfertigen Tones: »Nun, und was mehr? Meint Ihr etwa, ich wäre so toll und eifersüchtig wie jener Ludovico Moro, der damals auf Cypern seine Hausfrau eines Schnupftuches wegen erdrosselte? Nein, ich bin nicht wie der Hund des Gärtners im Kohlgarten, der weder selbst nascht, noch andere naschen läßt! Ihr sollt nicht hungern an der reichbesetzten Tafel des Lebens, weil ich nur von Krankensüppchen lebe! Erfreut Euch Eurer Schönheit und genießt Eure Jugend! Ich bin kein Neidhart und Ihr seid eine kluge Frau; ich weiß ein Auge und im Notfall beide Augen zuzudrücken, damit werdet Ihr den Schein zu retten wissen. Mehr verlange ich nicht! Im Gegenteil,« setzte er hinzu, gleichsam um Ambrosien über den Umfang seiner Willfährigkeit keinen Zweifel zu lassen und die Sache ein- für allemal abgemacht zu haben, »im Gegenteil, es würde mich freuen, wenn Ihr früher oder später mir einen Stammerben brächtet, der den Namen und die Ehren der Malgrati aufrecht erhielte und ihren Besitz den Klauen meines nichtswürdigen Neffen Anselmo entzöge. Segnen würde ich ihn, tausendmal segnen und Gott auf den Knien für den Sohn meiner Rache danken!«

Ruggiero hatte im Feuer der Rede nicht bemerkt, wie Ambrosia, während er sprach, allmählich das tief herabgesenkte Haupt erhob, sich aus ihrer demütigen Stellung immer höher emporrichtete, wie ihre Augen funkelten und ihre erst erschrocken staunende Miene nach und nach zur Ruhe des Steines erstarrte. Bei den letzten Worten Ruggieros sich rasch umkehrend, wandte sie sich ruhig gemessenen Schrittes lautlos, schweigend der Türe des Gemaches zu. – »Bleibt, Ambrosia, wohin geht Ihr? Was wollt Ihr?« rief Ruggiero befremdend und betroffen ihr nach. – »Nach Eurem Arzte senden will ich,« erwiderte Ambrosia, auf der Schwelle des Gemaches sich umwendend und ernsten Blickes nach ihm zurückschauend: »nach dem Arzte senden, denn Ihr redet im Fieber, würdet Ihr doch sonst nie, auch nur im Scherz, Euch erlaubt haben, gegen eine ehrbare Frau Gesinnungen zu äußern, wie Ihr sie eben jetzt mir, Eurer rechtmäßigen, pflichtgetreuen Gatten ins Antlitz zu schleudern wagtet! Was Ihr aber auch damit gemeint haben mögt, vernehmt: nie werde ich zugeben, daß Heinrich Ilsung die Schwelle des Hauses überschreite, in welchem ich als Hausfrau walte; im Gegenteil, wenn Ihr mir Eure Hilfe versagt, so werde ich selbst mich an den Rat der Zehn wenden und seinen Schutz gegen fernere Verfolgungen des tolldreisten Jünglings in Anspruch nehmen!« – Ruggiero, sich in seinen Erwartungen getäuscht und die Vernichtung aller seiner Hoffnungen vor Augen sehend, überdies schon lange von der Sorge gequält, das allwissende Tribunal der Zehn könne seinen Umtrieben auf die Spur kommen und ihn dafür zur Rechenschaft ziehen, nahm in seiner Verzweiflung zur Unverschämtheit seine Zuflucht: »Törin!« rief er, aus seinem Lehnstuhle emporfahrend, Ambrosien zu, die mit funkelnden Augen, drohend wie eine Rachegöttin, auf der Schwelle des Gemaches stand. »Törin! Wem als mir allein steht es zu, den Eintritt in dies mein Haus einem Gaste zu gestatten oder zu versagen? Bin ich nicht Euer Herr und Gatte? Habt Ihr nicht am Altare geschworen, mir zu gehorchen? Seid Ihr nicht mein, und darf ich nicht über Euch verfügen nach meinem Willen, habt Ihr nicht meinen Worten, meinen Winken blindlings Folge zu leisten?« – Kaum hatte er diese Worte gesprochen, als Ambrosia, ernst und würdevoll auf ihn zuschreitend, nach einem Augenblicke der Überlegung bedauernd milden Tones, aber fest und entschieden ihn also anredete: »Noch mehr als eines Arztes«, sagte sie, »bedürft Ihr, scheint es, eines Beichtvaters! Dieser würde Euch sagen, daß Ihr den Gehorsam, den ich Euch vor dem Altare zugeschworen, nur in gerechten und billigen Dingen von mir zu fordern habt; er würde Euch sagen, daß mir trotz meines Schwures die Gebote Gottes mehr gelten müssen, als Euer verblendeter, übelgeleiteter Wille, und daß kein Schwur und keine irdische Rücksicht mich, Eure christliche Lebensgefährtin, verpflichten könne, mich zur Befriedigung Eures tollen Rachegelüstes der Sünde, der Schande, zeitlichem und ewigem Verderben in die Arme zu werfen. Besteht Ihr auf Eurem Vorhaben, so wißt, daß ich noch diese Stunde dies Haus verlassen und in einem Kloster Zuflucht vor Versuchung und frevler Willkür suchen und finden werde!« – Mit diesen Worten schritt sie der Türe zu und hatte schon deren Schwelle erreicht, als sich plötzlich hinter ihr krampfhaftes Schluchzen und Stöhnen erhob und sie zur Umkehr bewog. Ruggiero, der sich durchschaut, seine Bemühungen vereitelt und die Hoffnungen, an denen er mit aller Glut der Leidenschaft festgehalten hatte, auf immer entfliehen sah, war unter der Wucht dieses Schlages in den Lehnstuhl, aus dem er sich kaum in so gebieterischer Haltung erhoben hatte, erschöpft zurückgesunken. Totenbleich, die greisen Haare wirr zerstreut, das Gesicht in den Händen verborgen, unter denen heiße Tränen hervorquollen, die Brust von schweren Seufzern gehoben, der gebrechliche und hinfällige Leib in allen seinen Fibern erschüttert, lag er da, und als Ambrosia hilfreich hinzueilte, den Schweiß von seiner Stirne, die Tränen von seinen Wangen trocknete und ihm wie einem Kinde Trost zusprach, da brach alles, was er so lange einsam und verschwiegen auf der Seele getragen, wie ein Bergstrom von seinen Lippen: wie Anselmo sein hilfloses Alter mißhandelt und geschändet, wie die erlittene Schmach den glühenden Wunsch in ihm erweckt, der Himmel möge ihm einen Sohn schenken, der den verhaßten Neffen des gehofften Erbes beraube, wie er endlich schon an der Erfüllung des gehofften Wunsches verzweifelnd aus der Erzählung des Fischers die Hoffnung geschöpft habe, wenn nicht in einem eigenen, doch in einem Kinde Ambrosias einen Rächer seiner Schmach sich heranwachsen zu sehen. Dies alles mit Flüchen und Verwünschungen, mit Klagen über die Schlechtigkeit der Menschen, mit Zornesausbrüchen gegen die Vorsehung, die Böse gedeihen lassend, die Hoffnungen der Guten täusche, wirr durcheinandergemengt, entsprudelte wie gährendes Blut einer ei-

ternden Wunde in rückhaltloser Leidenschaft der Seele des fiebern-
den Greises und erfüllte Ambrosia mit solchem Entsetzen, daß sie
erst wieder Besinnung und Herrschaft über sich selbst gewann, als
er sie auch jetzt noch, an seinem wahnsinnigen Plane festhaltend,
mit glühenden Bitten bestürmte, daß sie mit Heinrich Ilsung, für
den sie doch Neigung empfinde, bewußt dem Werke seiner Rache
sich beigesellen und ihm helfen möge, Anselmos Frevel zu bestra-
fen, wie er es verdiene! – »Unglückseliger!« sprach sie, als dem
Halbwahnsinnigen endlich Worte und Kräfte gebrachen, »mit welchen Plänen tragt Ihr Euch? Nach welchen Unmöglichkeiten strebt
Ihr? Betört die verderbliche Leidenschaft, die sich Eurer Seele be-
meistert hat, auch Eure Sinne so sehr, daß Ihr nicht nur über Pflicht
und Recht, Ehre und Gewissen hinwegspringt, sondern selbst die
Schranken nicht mehr wahrnehmt, die Eurem Anschlage durch die
Macht der Dinge, durch die Rücksichten gezogen sind, die gemeine
Klugheit und die Sorge für Euer eigenes Wohl zu beachten Euch
gebietet? Ihr wißt, daß der Besitz der Malgrati im Mannesstamme
forterbt; begreift Ihr nicht, daß selbst, wenn ich ehr- und pflichtver-
gessen mich dem Manne hingäbe, dem Euer Rachedurst mich ver-
kuppeln will, daß selbst, wenn diese verbrecherische Verbindung
eine Frucht trüge, daß selbst dann noch die Geburt eines Mädchens
alle Eure Wünsche und Hoffnungen vereiteln würde? Ihr wollt eine
insgeheim erlittene, selbst mir, Eurer Gattin, bis zum heutigen Tage
sorgfältig verschwiegene Schmach rächen, und um dies zu bewerk-
stelligen, gedenkt Ihr meinen guten Namen, wie Eure eigene Ehre
der Willkür eines Fremden preiszugeben, der morgen Euer Vertrauen mißbrauchend, mich der Verachtung, Euch dem Gespötte
der Welt bloßstellen kann!? Ruggiero, kommt zur Besinnung! Ihr
wart ein ehrenhafter, gerechter, biederer Mann; nun aber hat der
finstere Geist der Rache, der sich Eurer Seele bemächtigte, ihre an-
geborne Schönheit zu solcher Häßlichkeit der Züge entstellt, wie die
Mulattenlarve hier auf dem Tische sie an sich trägt! – Euer Neffe hat
Euch beschimpft, Ihr wollt ihn dafür betrügen; noch mehr, Ihr wollt,
um ihn zu betrügen, Euch selbst noch viel tödlicher beschimpfen,
als er getan, und überdies auch noch mich Unschuldige mit in den
Abgrund hinabreißen, auf den Ihr zutaumelt! Verblendeter, er-
mannt Euch! Reiße Euch los aus den Schlingen, womit die Hölle
Euch umgarnt! Für meine Zukunft habt Ihr reichlich gesorgt; laßt
Euch nicht kümmern, ob nach Eurem Tode dieser oder jener den

Rest Eurer Habe besitzt; überlaßt es Gott, Euch an dem Nichtswürdigen zu rächen, der Euch beschimpfte und Euer Alter vergiftete, und Euer Gebet, wie das meine, sei fortan zu allen Zeiten: Führe uns nicht in Versuchung, sondern erläse uns von dem Übel! Amen!« – Diese wohlgemeinten Worte gingen jedoch an Ruggiero spurlos vorüber; kaum daß er sich wieder etwas erholt hatte, begann er neuerdings in Lästerungen gegen Gott, in Flüchen über Welt und Menschen, in bittere Klagen über Ambrosias lieblose Härte und über ihre heuchlerische Frömmigkeit sich zu ergehen, bis endlich unter Hohngelächter und Wutgeheul der ermattete Körper in wilden Zuckungen ohnmächtig zusammenbrach und Ambrosia sich genötigt sah, nach dem Arzte zu senden und die Diener herbeizurufen, um den Bewußtlosen zu Bette zu bringen.

Es waren traurige Tage, die Ruggiero nach diesem verhängnisvollen Abend verlebte. Überraschend schnell vom Krankenbette erstanden, auf das ihn die jenem Sturme leidenschaftlicher Aufregung nachfolgende Erschöpfung hingestreckt hatte, mochte allerdings sein Körper sich binnen kurzem wieder vollkommen kräftigen und erholen, allein über seinem Geiste hing seit jener Stunde eine düstere, nie mehr aufzuhellende Wolke. Nicht als ob Ambrosia ihn etwa mit Vorwürfen gequält oder in ihn gedrungen hätte, sich ausdrücklich und für alle Zeiten von seinen verderblichen Plänen loszusagen; sie hatte vielmehr, im Gegenteil, nicht aus Schonung oder Sorge für den Kranken, dessen liebevollste Pflegerin sie war, sondern in der Überzeugung, die Sache sei für jetzt und immer abgetan, jenes entscheidenden Gespräches nie mehr auch nur mit einer Silbe erwähnt oder in irgendeiner Weise darauf angespielt; er selbst war es, der aus dem Gedankennetze, in das er sich Wochen und Monate her eingesponnen, sich nicht mehr entworren, nicht mehr aus dem, was hätte sein können, zu dem was nun war, sich zurückfinden konnte. Wie klug war nicht alles berechnet, wie fein angelegt gewesen? Heinrich Ilsung, jung, schöne, liebenswürdig; Ambrosia, wie sie ja selbst zugestanden, ihm zugeneigt, für das tiefste Geheimnis gesorgt! Es mußte gelingen, und nun sollte der Starrsinn eines Weibes, das vor allen anderen auf seiner Seite stehen, seine Schmach mitempfinden, das Werk seiner Rache mitfördern sollte, alles das zerstören, niederreißen, in Schutt und Trümmer werfen? Er konnte es nicht glauben, und je mehr er darüber grübelte und grübelte, desto

unglaublicher erschien es ihm. Was Ambrosia seinen Plänen an
sittlichen Gründen entgegengestellt hatte, war ihm wie Worte in
einer fremden Sprache gesprochen; denn er hatte den Maßstab für
Recht und Unrecht, Schmach und Ehre, Schönheit und Häßlichkeit
völlig verloren und fand in seiner Seele nur noch den für das seinem Zwecke Taugliche oder Untaugliche. Von den übrigen Einwür-
fen Ambrosias hatten ihn nur zwei ins Leben getroffen, nämlich die
Hindeutung auf die Ungewißheit, welchem Geschlechte das ersehnte Kind seiner Rache angehören möchte, und dann die Darlegung
der Gefahren, denen im Falle der Ausführung seines Planes sowohl
sie als er selbst bloßgestellt wären, wenn Heinrich Ilsung das Über-
maß des in ihn gesetzten Vertrauens auf irgendeine Weise mißbrau-
chen sollte. Seine hartnäckige Vorliebe für den einmal gefaßten
Anschlag wußte sich jedoch mit beiden Bedenken ganz leicht abzu-
finden; was das erste betraf, so rechnete er mit Zuversicht darauf,
daß Gottes Gerechtigkeit ihm, dem Schwergekränkten, unmöglich
einen Sohn versagen könnte; in Ansehung Ilsungs beruhigte ihn die
Erwägung, daß dieser, ein Fremder, in Venedig weder Einfluß noch
Verbindungen besitze und daher gegen einen Mann seiner Stellung
nichts unternehmen und in jedem Falle auf irgendeine Weise leicht
stumm gemacht werden könne. So schien er sich noch immer nicht
nur völlig im Recht zu sein, sondern er hielt auch noch immer seinen Plan für durchaus lebensfähig und ausführbar, wenn es ihm
nur gelänge, vorerst noch ein Rätsel zu lösen und die geheime
Triebfeder zu entdecken, mit deren Aufschnellen Ambrosias Be-
denklichkeit schwinden, ihr Starrsinn der Notwendigkeit sich beugen müßte. Diesen und ähnlichen Gedanken gab er tagelang um so
ungestörter sich hin, als Ambrosia in dem Maße, als seine Genesung
fortschritt, sich allmählich wieder in ihre Gemächer zurückzog,
häufig stundenlange Besprechungen mit dem Pfarrer von Santa
Maria Zobenigo, ihrem Beichtvater und Gewissensrate abhielt, und
überhaupt auch ihrerseits still in sich versunken, in schweren inne-
ren Kämpfen befangen schien. Auf diese Weise mehr und mehr sich
selbst überlassen, verfiel Ruggiero unbewußt in seine alte Gewohnheit, lauf zu denken, in solchem Grade zurück, daß ihm Selbstgespräche zu halten zur zweiten Natur wurde, und wie die Diener in
seinem Vorzimmer lächelten, wenn sie die Stimme ihres Herrn
mehr oder minder laut in den verschiedensten Tonfällen aus dessen
einsamem Gemache herausschallen hörten, so starrten auf der Stra-

ße die Vorübergehenden, wenn sie das Mienenspiel und die heftige Bewegung der Hände gewahrten, mit denen Ruggiero seine leise vor sich hingemurmelten Worte begleitete, ihm erstaunt nach, und es fehlte nicht an solchen, die ihm auch jetzt den Beinamen: mezzo matto, nur in einem anderen Sinne, als dies in seiner Jugend geschah, wieder beilegten. Dabei war auch seine frühere Menschenscheu in ihrem weitesten Umfange wieder zurückgekehrt und seine einzige Erholung nach langen, einsam in seiner Stube hingebrachten Tagen bestand darin, daß er sich gegen Abend zur Kirche San Giovanni e Paolo begab und dort in irgendeinem Verstecke, das ihm den Hinblick auf das Reiterstandbild des Colleoni gewährte, die Ankunft Heinrich Ilsungs erwartete, welcher noch immer zur verabredeten Stunde daselbst erschien, täglich der Erscheinung des schwarzen Domino mit der Mulattenlarve um so ungeduldiger harrend, als er bereits wochenlang aller Nachrichten von der Geliebten entbehrte und sich täglich, nachdem er stundenlang verzweifelt vor dem Standbilde auf und nieder geschritten, ebenso trostlos wieder entfernte, als er hoffnungsvoll gekommen war. Zuweilen verschaffte sich Ruggiero, der immer mit Heinrich Ilsung verlarvt und verhüllt verkehrt, und daher nicht zu besorgen hatte, von ihm erkannt zu werden, das absonderliche Vergnügen, ganz nahe an seinem Schützlinge hinzustreifen, die Seufzer seiner Ungeduld zu vernehmen und zu sehen, wie er unmutig den Boden mit den Füßen stampfte, worauf Ruggiero dann wie erquickt durch das Bewußtsein, nicht allein zu leiden, halbgetröstet nach Hause schlich.

Allein dieser Trost hielt nicht lange vor; denn wenn er gleich seit den Erklärungen Ambrosias, die über ihre Neigung für Heinrich Ilsung kaum zweifeln ließen, unbewußt in den tiefsten Tiefen seiner Seele einen Groll gegen diesen letzteren gefaßt hatte und an dessen Mißgeschick mit boshafter Freude sich weiden konnte, so mußte doch andererseits der Anblick dieser Leiden unfehlbar das Gefühl der Trostlosigkeit der eigenen Lage steigern und seine Gedanken wieder mit doppelter Bitterkeit dem alten Zielpunkte zulenken: wie alles vortrefflich vorbereitete, wie das Gelingen ganz sicher gewesen sei und noch jetzt ganz sicher wäre, wenn nur in dem großen Triebwerk ein Rad nicht stockte, eine Feder nicht den Dienst versagte. Dieses Rad sich drehen zu machen, diese Feder in Bewegung zu setzen, war jetzt die Aufgabe seines Lebens, der Inhalt aller seiner Gedanken, der Gegenstand aller der halblauten Selbstgespräche geworden, denen er sich, die Gäßchen Venedigs durchstreifend, zum Staunen und zum Gespötte Vornehmer wie Geringer hinzugeben und sie mit den seltsamsten Mienen und Gebärden zu begleiten pflegte. Mit einem solchen Selbstgespräche verkürzte er sich denn auch eines Abends den Weg nach San Giovanni e Paolo, wo er sich wieder an der Standhaftigkeit wie an der Ungeduld Heinrich Ilsungs zu ergötzen gedachte, als er sich plötzlich anrufen hörte, und aufblickend Meister Andrea Palladio, den Baumeister, vor sich stehen sah. » Corpo di Dio, Meister Ruggiero!« rief er ihm zu, dem alten Freunde die vornehm feine Hand zum Gruße entgegenstreckend; »Ihr seid hier zu Venedig? Mißfiel es Euch also zu Rom, daß Ihr die ewige Stadt so schnell verlassen, oder trieb Euch Heimweh zurück in unsere Lagunen? Wie dem auch sei, laßt Euch nur sagen, mir kommt Ihr jedenfalls zu früh; ich hatte noch nicht Muße und Laune, mit mir Eurem Baue zu beschäftigen!« – Als nun Ruggiero, wie vom Traume erwachend, ihn versicherte, er sei seit Jahre nicht in Rom gewesen und wisse ebensowenig, von welchem Baue Palladio spreche, versetzte dieser, erstaunt einen Schritt zurücktretend: »Wie, wollt Ihr Euren Scherz mit mir treiben? Habe ich's nicht verbrieft und besiegelt in der Tasche, daß Ihr in Rom wart? Brachte mir nicht der Eilbote, den Kardinal Caraffa vorigen Monat an den Patriarchen absandte, von dort ein Schreiben, in dem Ihr mich ersucht, ehemöglichst Euren Landsitz zu Lucera in Augenschein zu nehmen und Pläne zu entwerfen, um das alte Kastell in eine stattliche Villa umzubauen? Die Pläne müßten fertig sein, setztet Ihr hinzu, wenn der Alte das Zeitliche segnete, damit man dann sogleich zum Baue schreiten könne? Ich weiß nicht, welchen Alten Ihr damit gemeint haben könnt, aber daß Ihr es hingeschrieben habt, dies weiß ich, und wenn Ihr ableugnen wollt, nun so seht es hier schwarz auf weiß!« – Damit reichte er ein Blatt, das er mittlerweile aus seiner Gürteltasche hervorgezogen hatte, dem ihn ahnungsvoll anstarrenden Ruggiero hin, der dann auch, auf den ersten Blick die Handschrift Anselmos erkennend und alsbald vor der Berührung des Blattes wie vor der eines Pestkranken zurückschreckend, mit zornbebender Stimme die Worte herstammelte: »Ihr seid im Irrtum, Meister Andrea! Dieses Schreiben rührt nicht von mir her, sondern von meinem undankbaren, pflichtvergessenen Neffen, der die Tage seines greisen Oheims zählt und die Stunde nicht erwarten kann, um als ein lachender Erbe in den Besitz seines Nachlasses zu treten! Gott verdamme ihn dafür hier und dort, in Ewigkeit, Amen!« – Und dies gesagt, bog er so schnell, als die Hinfälligkeit seines gebrechlichen Körpers es erlaubte, in ein Seitengäßchen und rannte, die unbetretensten Pfade wählend, ohne Aufenthalt fort, bis er an eine einsame Stelle gelangte, wo sich das Rasen des Zornes, der in ihm kochte, in gräßlichen Flüchen und Verwünschungen gegen Gott und die Welt austobte. Endlich erschöpft zusammenbrechend, kroch er die Stufen hinan, die zum Eingange einer Kirche führten und überließ sich dort hingekauert der Fülle der Gedanken, der Bitterkeit der Empfindungen, die seine Seele bestürmten. »Mißhandelt, beschimpft und überdies verhöhnt!« seufzte er vor sich hin; »und die Mißhandlung hinnehmen, den Schimpf verbergen, den Hohn in ohnmächtiger Wut verbeißen zu müssen! O wie anders stünde es, wenn mein Anschlag gelungen, wenn das Werk meiner Rache vollbracht wäre! Mit welcher siegesgewissen Verachtung könnte ich über diesen neuen Frevel des anmaßenden Buben hinweg dem Tage entgegensehen, der mir einen Erben gibt und ihn der Verarmung und dem Elende in den Rachen stößt! O daß es vollbracht, vollbracht wäre!« – Er hielt plötzlich inne und fuhr, wie von einem elektrischen Strahle berührt, in die Höhe! – »Vollbracht!« stammelte er und verbarg das Gesicht in den Händen! Die furchtbare Aufregung der letzten Stunden hatte die Tatkraft seiner Seele, statt sie vollends zu erschöpfen, zu neuem Aufschwung erweckt; denn plötzlich war es ihm wie Schuppen von den Augen gefallen; der Ausweg aus dem Labyrinthe, in dem er so lange umhergeirrt, war entdeckt, die Lösung des Rätsels gefunden, nach dessen Schlüssel er so lange gesucht hatte. »Vollbracht!« wiederholte er; »das ist es! Die Gewalt der Tatsachen beherrscht den schwankenden Sinn der Menschen! Das war mein Fehler, daß ich Umwege einschlug, auf Zufälligkeiten rechnete, daß ich erlisten wollte, was ich erzwingen mußte! Das Gewicht der vollendeten Tatsache hatte ich in die Wagschale zu werfen, nicht ihre Bedenken anzuhören, nicht mit ihrem Starrsinn zu rechten! – Nun wohlan, er soll, er wird brechen, dieser Starrsinn!« – So rief er, dann kreuzte er die Arme über die Brust und stand eine Weile mit geschlossenen Augen, alle Kraft der Seele in einen Brennpunkt sammelnd, in tiefen Gedanken versunken; dann war sein Plan gemacht, sein Entschluß gefaßt, und er ging augenblicklich an die Ausführung desselben, indem er beflügelten Schrittes nach Hause eilte, sich in seinen schwarzen Domino hüllte und sein Antlitz in der Mulattenlarve verborgen, sich von einer Gondel nach S. Giovanni e Paolo bringen ließ, so er Heinrich Ilsung nach einer Stunde vergeblichen Harrens eben im Begriffe fand, dem Standbilde des Colleoni hoffnungsloser als je den Rücken zu kehren. Mit einem Freudenschrei empfangen, dem jedoch sofort eine Flut von Vorwürfen und bitteren Klagen nachfolgte, setzte Ruggiero diesen letzteren alsbald dadurch ein Ziel, daß er, Ilsungs beide Hände erfassend, ihn mit feierlich erhobener Stimme auf diese Weise anredete: »Eure Standhaftigkeit hat gesiegt, junger Mann! Ihr habt siegreich die harte Prüfung bestanden, welche Zweifelsucht und Unentschlossenheit der Geliebten Euch auferlegte. Ausdauer und bescheidene Zurückhaltung haben Eure Liebe als echtes Gold bewährt und so darf ich Euch nun verbürgen, daß Ihr Euch in wenigen Tagen am Ziele Eurer Wünsche und in dem vollen Besitze der Geliebten sehen werdet, wenn Ihr nur die Geduld habt, Euch noch durch einige Tage den Vorsichtsmaßregeln zu fügen, welche die Sorge für ihren Ruf, und das Geheimnis Eurer Verbindung ihr zu beobachten gebieten.« – Als nun auf diese Worte der Jüngling mit aller Glut jugendlicher Leidenschaft und verzehrender Begierde alle Forderungen einzugehen sich bereit erklärte, die die Verhältnisse seiner Dame oder selbst nur ihre Laune ihm vorschreiben würden, hieß ihn Ruggiero sich ungesäumt nach Hause begeben und bei seinen Handelsfreunden eine Reise in Familienangelegenheiten vorschützen, die ihn einige Tage von ihrem Hause fernhalten würde; die nächstfolgende Mitternacht sollte er sodann wieder bei dem

Standbilde Colleonis sich einfinden, um, blindlings seiner Führung sich vertrauend, von ihm an den Ort gebracht zu werden, wo ihm früher oder später in der Erfüllung seiner glühendsten Wünsche das reichste Glück erblühen werde! – Nachdem der Jüngling, zwar staunend und befremdet, aber ohne Säumen und fast ohne alle Überlegung Ruggieros Anordnungen pünktlich nachzukommen zugesagt hatte, trennten sich beide, Ilsung, um die lange Nacht in halbwachen Träumen künftiger Seligkeit hinzuschwelgen, Ruggiero, um sie in der sorgfältigsten Erwägung aller Hindernisse, die der Ausführung seines Planes irgendwie in den Weg treten können, hinzubringen.

Am nächsten Morgen begab sich Ruggiero in das Haus an der Veronabrücke, das er, wie es die Stätte seiner Schmach gewesen, nun auch zu dem Orte erkoren hatte, an dem über die Zukunft Anselmos der Stab gebrochen werden sollte. Er durchschritt prüfend die Gemächer des Hauses und entschied sich endlich für eine im Erdgeschoß des Hofraumes gelegene Stube, deren eiserne Fensterladen von außen zu schließen und zu versperren waren, so daß der Bewohner des Gemaches völlig von der Verbindung mit der Außenwelt abgeschnitten werden konnte, und an die noch überdies ein kleines dunkles Kämmerchen stieß, das hinlänglichen Raum für den Vorrat von Lebensmitteln und andere notwendige Erfordernisse darbot, welche er herbeigeschafft hatte und nun daselbst aufhäufte. Nachdem dies geschehen, verschloß er auf das sorgfältigste die Fensterladen, vernagelte sogar die Fenster und verließ endlich, nachdem er noch an der Außenseite der Stubentüre, der Festigkeit ihres Schlosses nicht vertrauend, zwei feste Riegel angebracht hatte, das einsam öde Haus, um, den Rest des Tages hindurch über seinem Plane brütend, das Heranrücken der Mitternacht abzuwarten. Heinrich Ilsung, der ihr mit nicht geringerer Ungeduld entgegenharrte, schritt schon lange vor dem Reiterstandbilde des Colleoni auf und nieder, als die ersehnten zwölf Schläge endlich von dem Turme von S. Giovanni e Paolo niederdröhnten. Der letzte derselben war noch nicht ganz verhallt, als schon der schwarze Domino mit der Mulattenlarve, wie aus der Erde emporgestiegen, vor ihm stand, ihm, der Abrede gemäß, die Augen verband und ihn zu der Gondel geleitete, welche beide nach vielfältigen Kreuz- und Querfahrten endlich an der Veronabrücke ans Land setzte. Am Ziele ihrer Fahrt und in der Stube angelangt, die Heinrich Ilsung zum Aufenthalte bestimmt war, nahm Ruggiero, nachdem er seine Lampe angezündet hatte, seinem Begleiter die Binde von den Augen und sprach: »Messer Enrico! Dies ist der Ort, an dem Ihr wohlverborgen zu verweilen habt, bis die Dame Eurer Gedanken Muße und Gelegenheit findet, Euch die langersehnte Zusammenkunft zu gewähren. Wann dieser Augenblick eintreten wird, hängt von der Gunst des Zufalles ab; sorgt Ihr dafür, ihn weislich zu benützen, wenn er eintritt. Dort in der Kammer findet Ihr Mundvorrat für acht Tage, ob Ihr gleich, wie ich verbürgen zu können glaube, nicht die Hälfte dieser Zeit hier zubringen werdet. Hier in der Ecke ist Euer Lager bereitet, möge es Euch selige Träume gewähren, bis Ihr dereinst zu einer seligeren Wirklichkeit erwachet. Übrigens bitte ich, daß Ihr Euch so still und geräuschlos als möglich verhalten, und daß Ihr weder zu ergründen versuchen möget, wo und unter wessen Dach Ihr Euch befindet, noch es übelnehmen wollt, wenn ich Euch unter Schloß und Riegel verwahre, denn nur wenn dies Gemach für völlig unbewohnt gilt, kann es zum Markstein Eurer Leiden, zur Geburtsstätte Eures Glückes werden!« – Nachdem er diesen Worten noch das Versprechen hinzugefügt: er werde die Einsamkeit seines Gefangenen durch tägliche Besuche und seine Sehnsucht durch Nachrichten von der Geliebten zu stillen suchen, wandte er sich der Türe zu, als Heinrich Ilsung ihn plötzlich am Arme faßte und zurückhielt: »Nur ein Wort noch, mein unbekannter Freund,« sagte er; »daß ich Euch seit unserer ersten Begegnung bis zum heutigen Tage treue Ergebenheit, ja blinde Hingebung bewiesen, daß ich Euren Forderungen und Ratschlägen zu allen Zeiten und in jeder Beziehung willfährig Folge geleistet, werdet Ihr um so weniger leugnen können, als ich eben jetzt selbst meine Freiheit und mein Leben Eurer Willkür anheimstelle. Ich vertraute Euch nicht bloß wie ein Kranker dem Arzt, wie ein Freund dem Freunde, sondern wie ein unmündiger Knabe dem weltklugen Vater; ich ließ trotz des bisherigen Mißerfolges Eurer Ratschläge keinen Verdacht, keinen Argwohn gegen Eure Redlichkeit in meiner Seele aufkommen. Sollte jedoch meine Zuversicht auch in dieser neuen und schwersten Prüfung wie in allen früheren getäuscht werden, so vernehmt, daß ich in diesem Falle Vertrauen für Vertrauen, daß ich die rückhaltlose Enthüllung Eures Angesichtes, Eures Namens, Eurer Verhältnisse fordern, ja daß ich dann, wenn mir noch Atem und Kraft dazu bleibt, eher mit dieser meiner Hand die Larve von Eurem Antlitz herabreißen, als dulden werde, daß die Ehre, das Gewissen, die Freiheit eines deutschen Mannes einem unbekannten Fremdlinge zum Spielzeug, ja vielleicht zum Werkzeug verbrecherischer Pläne diene!« – Auf diese mit Ernst und Nachdruck gesprochenen Worte erwiderte Ruggiero mit gleicher Schärfe der Betonung, daß er seinerzeit vollkommen bereit sein würde, ihm wie jedem andern, insofern nicht die Angelegenheiten dritter Personen dabei berührt würden, über seine Handlungsweise Rede zu stehen und entfernte sich hierauf, indem er die Tür des Gemaches, wie jene des Hauses sorgfältig hinter sich verschloß. Die Art und Weise seines Abschiedes von Heinrich Ilsung war indessen nicht geeignet, den geheimen Groll, der in seinem Herzen gegen diesen letzteren Wurzel gefaßt hatte, zu mindern oder abzuschwächen, und da die Unterredungen, die an den beiden nächstfolgenden Tagen zwischen ihm und seinem Gefangenen stattfanden, ihm nur zu deutlich zeigten, daß der junge Mann ihm mißtraue, und daß er es keineswegs mit einem so schwachen und unselbständigen Charakter zu tun habe, als er erwartet hatte, so gewann die Hindeutung Ambrosias auf die Gefahren, denen ein zu blindes Vertrauen auf die Nachgiebigkeit und Willfährigkeit seines Schützlings ihn aussetzen könnte, in seinen Augen in demselben Maße Gewicht und Nachdruck, als sein eifersüchtiger Groll gegen ihn zunahm und bei dem Wirrsal der Leidenschaft, die seine Seele verdunkelte, kam er allmählich zu dem Beschlusse, sich des Werkzeuges, sobald es seinen Zwecken gedient haben würde, kurzweg und für immer zu entledigen.

Die nächstfolgenden Tage brachte er teils mit Besuchen bei seinem freiwillig Gefangenen, dessen Leidenschaft er trotz der zwischen ihnen beiden eingetretenen Kälte durch Verheißungen aller Art zur Gluthitze zu steigern verstand, teils in Versuchen hin, sich Ambrosien zu nähern, was ihm auch vollständig glückte, da diese letztere, arglos und gewissenhaft wie sie war, sich für verpflichtet hielt, den Wünschen ihres Gemahls um so willfähriger entgegenzukommen, als ihr Herz unwillkürlich mehr und mehr sich ihm entfremdete. So gelang es Ruggiero, sie zu Spaziergängen auf den Markusplatz, zu einer Fahrt nach Murano zu bewegen, Erfolge, die, so teilnahmlos sich auch Ambrosia neben ihm herbewegte, ihn doch vollkommen befriedigten, weil sie ihn der völligen Nichtahnung seiner Entwürfe von ihrer Seite versicherten. Am Morgen des dritten Tages begab er sich vermummt, wie immer, in das Haus an der Veronabrücke und verkündete Heinrich Ilsung, daß dieser gegen Abend die so lange und heißersehnte Zusammenkunft mit der Geliebten zuversichtlich erwarten dürfe. Mit ruhig unbewegter Miene, obwohl die Zähne übereinandergebissen und im Marke der Seele erzitternd, ließ er die Ausbrüche des Entzückens des jungen Deutschen ungehindert ihren Lauf nehmen. Als aber der erste Sturm seiner Freude sich gelegt hatte, nahm er das Wort und sprach, erst zögernd und mit unsicherer Stimme, aber allmählich immer rascher und nachdrucksvoller: »Wenn Ihr das Mißtrauen, das Ihr vor kurzem mir zeigtet, jetzt beschämt als ein unbegründetes erkennen müßt, so laßt Euch dies zur Warnung dienen, den letzten wichtigsten Rat, den ich Euch jetzt gebe, nicht zu verachten, sondern ihn im entscheidenden Augenblick mit aller Entschlossenheit und aller Tatkraft, deren Ihr fähig seit, zu befolgen und ins Werk zu setzen! Ihr kennt die Weiber nicht; Ihr wißt nicht, wie ihr ganzes Wesen aus Laune und Unentschlossenheit besteht, wie sie ewig zwischen: Ja! und Nein! zwischen Wollen und Nichtwollen, zwischen Scham und Begierde hin und her schwanken! Erwartet also nicht die Geliebte, eines unglücklichen Ehebundes müde, vom Stachel der Leidenschaft getrieben, freiwillig und gewährend Euch entgegenkommend zu sehen; sie wird vielmehr unfreiwillig, durch Zufall oder Zwang Euch zugeführt erscheinen, sie wird Euch, Pflicht und Gewissen entgegensetzend, mit allem Ernst und aller Hoheit der Frauenwürde in die Schranken ferner, stummer, abgöttischer Verehrung zurückweisen wollen! Laßt Euch dadurch nicht irre machen! Seid überzeugt, sie möchte Euch küssen, wenn sie Euch ausschilt, Euch umschlingen, wenn sie Euch zurückstößt, Euch liebkosen, wenn sie Euch mißhandelt! Sie ist ein Weib, und Weiber wollen sich weder hingeben, noch am Wege gefunden und aufgenommen, noch selbst verdient, sie wollen bezwungen, erobert, unterjocht werden! Bezwingt, erobert, unterjocht sie also! Benutzt den Augenblick, der zum zweiten Male nicht wiederkehrt, und seid gewiß, daß der Lohn des scheuen, schüchternen, zaghaften Anbeters nur Geringschätzung und Verachtung, nie aber das Glück und die Seligkeit des Vollgenusses der Liebe sein wird!« – Ilsung, in jenem Augenblicke zu erwartungsvoll, zu glücklich, zu dankbar, um auch nur im mindesten irgendeine Ansicht seines unbekannten Gönners in Zweifel zu ziehen, versprach allen diesen Ratschlägen auf das pünktlichste Folge zu leisten; allein weder seine Dankbarkeit noch seine Willfährigkeit vermochten Ruggiero von dem Entschlusse abzubringen, den er halb aus Haß und Eifersucht, halb aus Sorge für die eigene Sicherheit gefaßt, und zu dessen Ausführung er bereits eine Zusammenkunft mit Beppo und dessen beiden Söhnen verabredet hatte. Zu diesen begab er sich nun unmittelbar nach dem Gespräche mit Heinrich Ilsung und hieß das würdige Kleeblatt von Mitternacht desselben Tages an im Rio menuo einige Klafter oberhalb der Veronabrücke eine Gondel bereithalten, in welcher sie einen jungen Mann, den er im Laufe der Nacht ihnen zuführen würde, nach Hause befördern sollten; dabei reichte er Beppo eine Zechine als Wartegeld, setzte aber mit bedeutungsvollem Lächeln hinzu, wenn der junge Mann etwa auf dieser Fahrt ertrinken sollte, so wolle er dem, der seinen Leichnam wieder auffände, gerne deren hundert geben, eine Bemerkung, die von Beppo mit nicht minder bedeutungsvollem Lächeln und der Bemerkung erwidert wurde: er könne für nichts stehen; die jungen Leute seien so unvorsichtig, und gar mancher, der sich unbedacht auf der Gondel geschaukelt, sei schon frisch und rot in den Kanal gestürzt und bleich und tot wieder zutage gekommen; übrigens würden Eccelenza prompt und nach Wunsch bedient werden.

Nach der Besorgung dieser Angelegenheit begab sich Ruggiero nach Hause, um dort ungeduldig, wie ein gefangener Löwe die Futterstunde, das Hereinbrechen des Abends abzuwarten. Als dieser endlich zu dunkeln begann, begab er sich zu Ambrosia und lud sie ein, an einer Spazierfahrt in den Lagunen teilzunehmen, wozu sich diese auch, weder erfreut noch widerwillig, ohne Bedenken herbeiließ. Die Dämmerung war schon völlig hereingebrochen, als sie gegen S. Lazzaro hinausruderten, Ruggiero mit seinen Plänen beschäftigt, stumm vor sich hinstarrend, Ambrosia teilnahmlos und nicht minder in Gedanken versunken an seiner Seite, als er plötzlich, da es schon Nacht geworden, eine sternlos gewitterschwüle Nacht, die Gondel zu wenden befahl und Ambrosien vorschlug, ein Haus, das er unlängst gekauft und neu eingerichtet habe, zu besehen, eine Einladung, die diese mit wenigen Worten zuvorkommend annahm, worauf beide wieder in ihr voriges dumpfes Schweigen zurücksanken.

Im Rio menuo angelangt, ließ Ruggiero die Gondel anlegen und führte Ambrosia, die weder die Gegend in acht nahm, noch auch nur von ferne des Hauses an der Veronabrücke gedachte, durch ein Seitengäßchen an das Tor dieses Hauses, öffnete es und wandte sich die Vorhalle entlang der Türe des Gemaches zu, in dem er Heinrich Ilsung verschlossen hielt. Ambrosia sah ihn arglos und gleichgültig die Riegel der Türe zurückschieben und das Schloß derselben öffnen, als er sie plötzlich beim Arm faßte und diese Worte zu ihr sprach: »Wißt, Ambrosia, daß ich Euch hierher gebracht habe, damit Ihr den Willen Eures Herrn und Gemahls, wie ich ihn letzthin Euch mitgeteilt, freiwillig oder gezwungen erfüllet. Nur dies vernehmet noch zu Eurer Beruhigung, daß dafür gesorgt ist, daß das Werkzeug meiner Rache das Geheimnis des Geschehenen im Grabe bewahre.« – Mit diesen Worten tat er rasch die Türe auf, schob die betroffene, den Sinn der eben vernommenen Worte kaum fassende Ambrosia in das Gemach, verschloß und verriegelte hinter ihr die Türe und verließ sodann, das Eingangstor nicht minder sorgsam verwahrend, das Haus an der Veronabrücke.

Ambrosia hatte kaum mit einem Schrei der Überraschung die Schwelle des von dem Schimmer einer Lampe nur schwach erleuchteten Gemaches überschritten, als Heinrich Ilsung, der nach stundenlangem Bangen und Harren dem Klappen der Riegel und dem Klange des sich öffnenden Türschlosses mit stürmischem Herzklopfen gehorcht hatte, der bleichen und zitternden Frau zu Füßen stürzte und ihr in den glühendsten Worten für die Gewährung seines heißesten Wunsches, für das Glück einer zeugenlosen Zusammenkunft mit ihr, der Sonne seiner Tage, dem Traumbilde seiner Nächte, seinen Dank darbrachte. »Ihr irrt Euch,« rief Ambrosia zurückweichend und die flehend nach ihr emporgestreckten Hände des Jünglings abwehrend, »Ihr irrt Euch, Messer Enrico; nicht meinem Wunsche, nicht meinem Willen, nur meiner unbegreiflichen Verblendung, nur fremder, unwiderstehlicher Gewalt verdankt Ihr ein Zusammentreffen, das ich Euch nach dem Geständnisse, durch das Ihr mich unser letztes Gespräch abzubrechen zwangt, nie freiwillig und am wenigsten allein und hinter Schloß und Riegel verstattet haben würde!« Diese Worte stimmten zu sehr mit der Art und Weise überein, in welcher Ruggieros Schlauheit dem jungen Manne die erste Begrüßung Ambrosias geschildert hatte, als daß er dadurch im mindesten erschüttert oder abgeschreckt worden wäre; er sprang vielmehr empor und faßte, den Ratschlägen seines unbekannten Führers getreulich nachkommend, die sträubende, jetzt vor Angst erbleichende, jetzt wieder vor Zorn errötende Ambrosia in seine Arme, und beschwor sie, ihren Gefühlen nicht länger Gewalt anzutun, ihm nicht das Glück vorzuenthalten, dessen nur die Liebe ihn teilhaftig machen könne und in seinen Armen des Joches einer ihr aufgedrungenen und verhaßten Verbindung mit einem ihrer Schönheit und Jugend unwürdigen Greise zu vergessen. Ambrosia aber, seiner Umarmung mit dem Aufgebot aller ihrer Kräfte sich entwindend: »Wer sagt Euch,« rief sie, »wer sagt Euch, daß mein Gemahl, ein wohlverdienter, kampfberühmter Kriegsheld, meiner unwürdig sei? Wenn nicht Liebe mich dem Greise verband, so war es Hochachtung und warme Teilnahme, die mich am Altar ihm Treue fürs Leben schwören ließ, und Euretwegen glaubt Ihr, würde ich diese Schwüre brechen? Welchen Grund gab ich Euch, so verwegene, so sinnlose Hoffnungen zu hegen? War mein Betragen so frech, gefallsüchtig, meine Rede so schamlos, mein Blick so herausfordernd? Habe ich nicht vielmehr bei dem ersten Geständnis Eurer verbrecherischen Leidenschaft Euch entrüstet den Rücken gekehrt, Euch gemieden oder mit der Kälte behandelt, die Eure Vermessenheit verdiente? Wer seid Ihr, daß Ihr eine züchtige Frau, die, weiß Gott, nicht ihr freier Wille mit Euch zusammenführte, in Eure Arme zu fassen, ihr Ohr mit den schamlosen Anträgen roher Sinnlichkeit zu entweihen wagt? Habt Ihr keine Mutter daheim, die Ihr als Muster aller weiblichen Tugenden verehrt, keine Schwester, deren jungfräuliche Reinheit Ihr unbefleckt, auch nur von dem Schatten eines

Argwohns erhalten und bewahrt zu wissen wünscht, daß Ihr Euch erfrecht, nach mir, der ehrbaren Hausfrau eines ehrbaren Mannes, wie nach Eurem Eigentum die Hand auszustrecken, um mich in den Abgrund der Sünde, der Schmach, des Verderbens hinabzureißen?« – Diese Worte sprechend war es Ambrosia gelungen, sich in eine Ecke des Gemaches zu flüchten, in der sie glühend vor Aufregung, mit fliegender Brust und leuchtenden Augen, zürnend und erhaben wie Pallas Athene dastand, nur daß kein den Gegner versteinerndes Medusenschild ihr zu Gebote stand; denn auf Heinrich Ilsung, dessen ganzes Wesen sich durch die Bilder und Vorstellungen, die ihn während seiner einsamen Gefangenschaft ausschließend beschäftigt hatten, in höchster Spannung und Aufregung befand, und der, auf Ruggieros Andeutungen hin, Ambrosias Widerstand für Heuchelei und Lüge, im besten Falle für eine Art frömmelnder Selbsttäuschung hielt, machte ihr Anblick nicht nur keinen abschreckenden Eindruck, sondern er schien die Glut der Leidenschaft, die aus seinen blauen Augen funkelte, nur zu noch höherer Flamme anzufachen. – »Grausame,« rief er, »du willst nichts meiner Bitte, nichts dem Drange des eigenen Herzens gewähren; selbst die Gunst, die du mir durch diese so heiß ersehnte Zusammenkunft erwiesen, verweigerst du als solche anzuerkennen! Nach allen den Mühen, die ich für dich erduldet, nach allen den Nächten, die ich deinetwegen durchwacht, stoßest du mich nun von dir, wie einen Wahnsinnigen, der Dinge träumt, die nie gewesen! Du meinst wohl, wir Deutsche seien treuherzige, leichtgläubige Träumer, eine Art bärtiger Kinder oder blondhaariger Greise, mit einem Worte zu befriedigen oder einzuschüchtern? Nun wohlan, so erfahre, daß es deren auch gibt, die Männer sind, die wollen, und die an ihr Wollen ihr Leben setzen! Erfahre, daß du zu weit vorwärts gegangen, um noch zurück zu können, und da du es nicht anders willst, so gewähre der Gewalt, was du der Liebe verweigerst!« – Mit diesen Worten auf sie zustürmend, faßte er neuerdings die Zitternde in seine Arme, die, bald ihm entschlüpfend, bald wieder ereilt, das Gemach mit vergeblichen Hilferufen erfüllte, bis ihre Knie wankten, Atem und Kraft ihr versagten, und sie, von seinen Armen umschlossen, mit letzter Anstrengung ihm zurief: »Ein Wort noch, Enrico! ein einziges Wort noch höre! Bei Gottes Barmherzigkeit, ein Wort noch!« – Einen Augenblick zögerte er, dann ließ er sie fahren und sie sank erschöpft in einen Stuhl und verbarg das Gesicht in den Händen; dann sich aber sammelnd und wie in schwerem, innerem Kampfe nach Atem ringend, erhob sie sich und sprach, ihre dunklen, sanften Augen fest auf den Jüngling geheftet: »Enrico, als Ihr vor wenig Wochen das erstemal vor mich hintratet, jung, schön, treuherzig und unbefangen, voll Begeisterung für alles Gute und Schöne, voll warmer und tiefer Empfindung und regen Pflichtgefühls, da war mir, als hätte Gott Euch mir gesendet, um die Leere meines Herzens mit Eurem Bilde auszufüllen, um durch den Gedanken an Euch wieder Lust und Liebe am Leben zu gewinnen und in der Erinnerung an Euch zugleich Ermutigung zur eifrigeren Erfüllung meiner Pflichten und Erleichterung ihrer mir täglich drückender werdenden Bürde zu finden. Da trübte keine Unruhe, keine Furcht, kein Vorwurf meine Seele, die Eures Anblicks in reinem Wohlwollen und stillem Glücke wie einer schönen Blume sich erfreute. Erst als Ihr Eure Leidenschaft mir zu gestehen wagtet, als Ihr mich mit Euren Huldigungen verfolgtet, als Ihr jenes frevelhafte Schreiben mir in die Hände spieltet, dann erst, als ich mich gewaltsam zum Bewußtsein meiner Pflichten aufraffen, meine Empfindungen beherrschen lernen, Eure Nähe vermeiden, meine Gefühle Euch verbergen mußte, dann wußte ich erst, daß ich Euch liebte! Und als ich es wußte, da warf ich mich auf die Knie und schwur meinem Heiland und mir selbst mit heiligen Eiden, nun und nimmer, um keinen Preis und unter keiner Bedingung das Geheimnis meiner Seele Euch zu verraten. Breche ich heute dennoch diesen Schwur, so wird Gott mir verzeihen; denn ich breche ihn, um Euch bei dieser meiner heiligen und reinen Liebe zu beschwören, nicht nur mich Unglückselige, statt mich in Schmach, Elend und Verderben zu stürzen, um dieser meiner Liebe willen für geweiht und heilig zu achten und meine Ehre zu hüten wie Eure eigene, sondern auch Euer edles Selbst aus den Netzen und Schlingen der Versuchung, aus dem trüben Wirbelschwall der Leidenschaft, aus dem blinden Wahnsinn rasender Begierde zurückzuerobern, und so, statt das Paradies unserer Träume uns in eine Hölle des Entsetzens und der Reue zu verwandeln, mir die Erinnerung an Euch, Euch die Erinnerung ab mich rein und unbefleckt als leuchtenden Stern am Horizont unseres Lebens zu erhalten und zu bewahren!« – Sie war bei diesen Worten auf die Knie vor ihm hingesunken und hob ihre dunklen, sanft leuchtenden Augen flehend zu ihm empor, indessen ihr schwarzes Haar, das sich während ihres Sträubens und Ringens gelöst hatte, wie ein Trauermantel um ihre weißen Schultern flatterte. Heinrich Ilsungs Antlitz aber, bei ihren ersten Worten von immer steigendem Entzücken wie mit Verklärung umstrahlt, hatte allmählich einen immer ernsteren Ausdruck angenommen, bis er es endlich, von der Hoheit ihrer Erscheinung wie von der einfachen Würde ihrer Rede überwältigt und von der ihm angelernten Wüstheit und Wildheit zu der angeborenen Milde und Reinheit seiner Gesinnung zurückgeführt, erblaßt bis in die Lippen, in den Händen verbarg und von übermächtiger Rührung hingerissen in so gewaltsames, seine breite, männliche Brust wie Meereswogen auf und nieder schaukelndes Schluchzen ausbrach, daß er kaum soviel Kraft und Besinnung behielt, Ambrosia vom Estrich aufzuheben und sie ehrerbietig zu einem Stuhle zu geleiten. Als er endlich so viel Fassung und Selbstbeherrschung sich errungen hatte, um seinen überströmenden Tränen Einhalt zu gebieten und Worte zu finden, wendete er sich zu der halb ohnmächtig auf den Stuhl hingesunkenen Geliebten und sprach: »Wäre die Tür dort nicht versperrt, das Fenster hier nicht verschlossen, so würde ich, dessen seid überzeugt, mich meinem wohlverdienten Schicksal zu fügen und Euch augenblicklich von meiner fluchwürdigen Nähe, von meinem hassenswerten Anblicke zu befreien wissen; denn wenn ich auch durch die Worte, die mir eben wie himmlische Musik von Euren Lippen ertönten, die reichste Gabe, die je einem Unverdienten zuteil ward, das schönste Glück, das je einem Sterblichen sich niedersenkte, empfangen und erfahren habe, so bin ich doch von dem Irrwahn der Leidenschaft nicht so verblendet, in den Taumel rasender Begierden nicht so versunken, um nicht einzusehen, daß nach der Fülle beleidigenden Frevels, dessen ich mich heute gegen Euch vermessen, jene reiche Gabe, jenes schöne Glück mir für immer verloren und verscherzt sind, und daß Eure Gefühle für mich sich in ihre Widerspiele verwandelt, Eure Neigung in Ingrimm, Eure Achtung in Abscheu, Eure Liebe in Haß verkehrt haben müssen. Ja, das Geständnis der Neigung, die Ihr für mich Unwürdigen empfandet, hat mich vielmehr, wie ein Sonnenstrahl den Abgrund meiner Seele erschließend, meine Verirrung als so töricht, meine Anmaßung als so sträflich, meinen Frevel als so unverzeihlich erkennen lassen, daß ich, meinen Unwert und Eure Seelenhoheit, meine Nichtigkeit und Eure Größe vollkommen empfindend, begreife, wie ich die Augenblicke, die mir der Zwang der Umstände noch in Eurer Nähe zu verweilen gestattet, nur noch dazu zu benützen habe: vor allem Euch den Frevel meiner ruchlosen Zumutungen abzubitten, dann aber zu meiner Entschuldigung, wenn von einer solchen überhaupt die Rede sein kann, anzuführen, daß meine Seele für sich allein nie so verbrecherische Anschläge gereift haben würde, wenn nicht ein falscher Freund mit vollen Händen ihre Keime in mir ausgestreut, mit verlockenden Ratschlägen sie gepflegt und mich zuletzt als Euer Bote und Willensträger zu dem verbrecherischen Unternehmen aufgestachelt hätte, als dessen einzige Frucht ich für den Rest meines Lebens namenlose Beschämung, unsterbliche Reue und unvergängliche Trauer mit mir hinwegtrage!« – Mit diesen Worten warf er sich schluchzend und stöhnend auf den Estrich vor Ambrosia nieder, die ihrerseits, kaum minder erschüttert als er selbst, sich erschrocken über ihn beugte und dem Zerknirschten mit Trostesworten freundlich zusprechend, ihn allmählich wieder zu beruhigen und aufzurichten wußte. Und nun fand er endlich wieder Worte und vor ihr auf den Knien liegend, aber nur ab und zu die tränenverdunkelten Augen zu ihr emporzuheben wagend, klagte er ihr, wie er gelitten, wie er ihre Zurechtweisung von vornherein als eine gerechte empfunden und wie nur die Ratschläge des schwarzen Dominos mit der Mulattenlarve ihn verleitet hätten, sie mit seinen Huldigungen zu verfolgen und sich endlich sogar hier verschließen zu lassen, um mit ihr, wie er fest geglaubt hätte, auf ihren Wunsch und auf ihre Anordnung zusammenzutreffen. Ambrosia, hochbeglückt, noch mehr aus der Art und Weise, als aus dem Inhalte seines Berichtes zu entnehmen, daß das Gemüt ihres Lieblings trotz aller Verirrungen, zu denen er sich hatte hinreißen lassen, nichts von der Unverdorbenheit und Reinheit verloren habe, die sie von Anfang an für ihn einnahmen, erinnerte sich bei der immer wiederkehrenden Erwähnung des schwarzen Dominos mit der Mulattenlarve, erst kürzlich eine solche gesehen zu haben; und als sie nun plötzlich wie ein Blitzstrahl der Gedanke durchzuckte, daß dies ja eben an dem unvergeßlichen Abend der Fall gewesen wäre, an dem Ruggiero ihr seine wahnsinnigen Rachepläne entdeckt hatte, so konnte sie den Zusammenhang der Umstände, den Ort, an dem sie sich befand, und die Art, wie sie dahin geraten, erwägend, nicht bezweifeln, daß ihr Gatte Ruggiero der schwarze Domino gewesen sei, der Enricos Vertrauen getäuscht und seine Schritte mißgeleitet hatte. Dabei erinnerte sie sich aber auch, wie Ruggiero, als er in dem wahnsinnigen Taumel seines Rachedurstes seine eigene Gattin den Armen des jungen Deutschen zu überliefern im Begriffe war, ihr zugeflüstert hatte, es sei dafür gesorgt, daß das Werkzeug seiner Rache das Geheimnis des Geschehenen im Grabe bewahre und plötzlich mit einem Schrei in die Höhe fahrend, riß sie den vor ihr Knienden empor, umklammerte ihn ängstlich mit den Armen und rief unter hervorbrechenden heißen Tränen: »Unglückseliger! Ihr seid verloren! Es wird Euch ermorden, Enrico, er wird Euch ermorden! Aber der Weg zu deinem Herzen geht nur durch das meine, und erst muß er mich töten, ehe er seine verruchte Hand an dein teures Leben legt!« Und dabei drückte sie ihn fest und fester an ihre hochwogende Brust und blickte ängstlich scheu um sich her, als drohte schon jetzt der Dolch des Mörders über seinem Haupte. Der junge Deutsche, ebenso betroffen bei dem Entsetzen, das in den Zügen der Geliebten sich malte, als entzückt über die Teilnahme, die sie trotz alles Vorgegangenen ihm und seinem Geschicke noch immer bezeigte, bestürmte sie mit Fragen über die Gründe des Schreckens und der Besorgnis, die sie so plötzlich erfaßt hätten, und sie konnte, die Heftigkeit ihrer Gemütsbewegung zu rechtfertigen, nicht umhin, ihn, unter tiefem Erröten manches nur andeutend, vieles gänzlich verschweigend darüber aufzuklären, wer der schwarze Domino mit der Mulattenlarve sei, welche Absichten seinem seltsamen Treiben zugrunde lägen, und wie er sich des Mitwissers seines Geheimnisses zu entledigen gedenke.

Während Ilsung, durch die Mitteilung auf das peinlichste berührt, und in der Überzeugung, daß sein Leben in Gefahr schwebe, durch die furchtbare Aufregung bestärkt, in der Ambrosia die Hände ringend im Gemache auf und nieder schritt, in sich gekehrt dastand und mit düsteren Blicken die reizende Gestalt der Liebsten verschlingend, die Mißgunst des Schicksals erwog, das ihnen beiden miteinander zu sterben, aber nicht füreinander zu leben verhängt hatte, nahm Ambrosia in der verzweifelten Angst ihrer Seele, wie sie es von Kindheit auf in allen schwierigen Lebenslagen gehalten hatte, zum Gebete ihre Zuflucht, und warf sich auf den Estrich nieder, um von der Huld des Himmels die Abwendung der Greuel zu erflehen, die über sie hereinzubrechen drohten. Wie sie nun ihre schönen in Tränen schwimmenden Augen in brünstiger Andacht zu der Decke des Gemaches emporhob, von der ihr unter anderem kunstvollem Schnitzwerk ein mit Rosen und Efeu zierlich umschlungenes Kreuz entgegenleuchtete, war ihr, als ob sie schon einmal in einer ähnlichen Seelenstimmung zu eben diesem Kreuze emporgeblickt hätte. Diese Erinnerung wurde in ihr immer lebendiger, und Bild an Bild reihend, entsann sie sich zuletzt, daß jenes Kreuz ihr Trost niedergestrahlt habe, als sie vormals am Sterbebette der Mutter in Kummer und Gram flehend zum Himmel emporgeschaut hatte. Sie warf einen forschenden Blick um sich her, und nun erkannte sie die eigentümliche Form der Fensterbogen, das beider Umgestaltung des Hauses verschont gebliebene Getäfel der Wände; ja dort in der Ecke, wo nun Enricos Lager bereitet war, hatte das Sterbebett der Mutter gestanden; sie konnte nicht mehr zweifeln; sie war in dem Hause an der Veronabrücke, in dem Gemache, das ihre Mutter so lange bewohnt hatte. Mit dieser Erkenntnis aber erwachte in ihr die Erinnerung an den geheimen Ausgang des anstoßenden Klosetts, und blitzschnell aufspringend, nahm sie die Lampe vom Tisch und eilte in das Klosett, wo sie, an dem Schnitzwerk der ihr wohlbekannten Wandstelle herumtastend, bald auf die Rose stieß, deren Berührung das Getäfel öffnete und die Türe zu dem geheimen Gang erschloß. »Gott sei ewig gepriesen! Du bist gerettet!« rief sie nun dem erstaunt hinzutretenden Ilsung entgegen, worauf beide ungesäumt den geheimen Gang durchwanderten, an die von außen durch eine Steinplatte verborgene Ausgangstüre gelangend, deren verrostete Riegel mit vereinten Kräften zurückschoben, und endlich in der Stille der Nacht in das abgelegene an den Rio degli assassini hinführende Sackgäßchen hinaustraten. Hier gab Ambrosia dem jungen Deutschen den Weg an, den er einzuschlagen habe, um so bald als möglich zu einer Mietgondel zu gelangen, dann hieß sie ihn unverzüglich nicht nur Venedig, sondern das Gebiet der Republik überhaupt verlassen und nach Mailand flüchten, wo Ruggiero keine Macht mehr habe, ihm zu schaden; dort angekommen, solle er den Pfarrer von S. Maria Zobenigo von seinem Aufenthalte in Kenntnis setzen, da sie durch dessen Vermittlung ihm Nachricht geben wolle, ob und wann er mit Sicherheit zurückkehren könne. Ilsung wie sonst durch ihre Schönheit und Anmut, nun durch die Geistesgegenwart und Tatkraft der Geliebten bezaubert und hingerissen, gelobte pünktlich ihren Befehlen nachzukommen. Den schüchtern Vorschlag, dem Zorn ihres Gemahles sich entziehend mit ihm zu entfliehen, beantwortete Ambrosia mit einem strafenden Blicke der Entrüstung, was aber den Jüngling nicht hinderte, seine Retterin zum Abschied noch einmal in seine Arme zu schließen und einen heißen Kuß auf ihre weiße Stirne zu drücken, worauf er in die Nacht hinauseilte, während Ambrosia, die schwere Tür hinter sich zuziehend, die Riegel so gut sie konnte, wieder vorschob und durch den geheimen Gang in das Haus zurückkehrte. Kaum aber hatte sie die Wandtüre des Getäfels hinter sich zugedrückt, und war aus dem Klosett wieder in das Hauptgemach getreten, als die Lampe ihrer zitternden Hand entglitt, und Erschöpfung sie in bleierner, todesähnlicher Ohnmacht auf dem Estrich niederstreckte. – –

Indessen irrte Ruggiero, nachdem er das Haus an der Veronabrücke hinter sich verschlossen hatte, in seine gewöhnlichen halblauten Selbstgespräche vertieft, aber von den verschiedensten Empfindungen bestürmt und daher aufgeregter als je, durch die bereits ziemlich menschenleeren Gäßchen Venedigs planlos umher. Daß das Werk seiner Rache nunmehr vollbracht und gelungen sei, galt ihm für eine ausgemachte Sache. Denn daß Gottes Gerechtigkeit ihm nach allen in dieser Angelegenheit überstandenen Anstrengungen, Mühen und Leiden durch Ambrosia nicht nur einen Sohn schenken, sondern daß dieser auch infolge der körperlichen wie der geistigen Eigenschaften seiner Eltern ein kräftiger, wohlgebildeter und hochbegabter Knabe und demnach vollkommen geeignet sein werde und müsse, den alten Stamm der Malgrati mit dem Glanze neuer Ehren und Auszeichnungen zu umgeben, davon hatte er sich längst durch Trugschlüsse und Spitzfindigkeiten aller Art so vollkommen überredet, daß er nicht mehr auch nur die Möglichkeit eines dieser Voraussetzung widersprechenden Erfolges seiner Bemühungen zu fassen imstande war. Die Freude, die ihm diese seine Siegesgewißheit auf der einen Seite einflößte, wurde jedoch auf der anderen gar sehr durch die Erwägung der Opfer getrübt, mit welchen dieser Sieg erkauft werden mußte, und deren Umfang und Bedeutung ihm nun, da sie gebracht waren, zum ersten Male vollkommen einleuchteten. Er hatte, um eine Kröte zu zertreten, die köstlichste Perle seiner Habe freiwillig und bewußt im Schlamm versenkt und begraben; er hatte die reine Seele der edelsten Frau gewaltsam, wenngleich nicht vor der Welt, doch vor ihrem eigenen Bewußtsein mit untilgbarer Schande und ewigem Vorwurfe, und ihr Gewissen mit einer Lüge beladen, deren Bürde sie ihr ganzes Leben mit sich fortzuschleppen und selbst ihrem eigenen Kinde, ja gerade diesem am sorgfältigsten, zu verheimlichen verurteilt war. Diese Betrachtungen steigerten nur seinen alten ingrimmigen Haß gegen Anselmo, den Vergifter seiner Lebensfreude, gegen den er, an seinem Stocke forthumpelnd, unerhörte Verwünschungen in seinen Bart murmelte und dabei ab und zu stille stand, um bei dem irgendwo im Erdgeschosse aus einem Fenster hervorbrechenden Lichtschimmer in seinem Taschenbuche schmunzelnd die Wechsel zu besehen, die er von seinem Neffen aufgekauft hatte, damit derselbe später desto sicherer in rettungslosem Elend verkomme. Diese Wutausbrüche gegen seinen Neffen taten gleichwohl dem Grolle, den er gegen den jungen Deutschen empfand, keinen Abbruch; er glaubte es vielmehr Ambrosien nicht genug danken zu können, daß sie ihn vor der Unzuverlässigkeit Ilsungs gewarnt und ihn dadurch zu dem Entschlusse gebracht hatte, seinen Schützling die seligen Stunden, die er jetzt verlebte, eben mit dem Leben bezahlen zu lassen. »Und nicht zu teuer,« brummte er vor sich hin, »nicht zu teuer bezahlt sie der Laffe, der nicht wert ist, den Staub von ihrer Sohle wegzuküssen! Blüht eine solche Blume für einen Hund von Deutschen? Kohlstrünke wären zu gut für seinesgleichen, und wenn nicht Anselmo wäre, an die Wand gespießt hätte ich ihn wie eine Fliege, wenn er mir auch nur den Saum ihres Gewandes zu berühren gewagt hätte!« – Diese Empfindungen wiederkäuend, und zwischen Frohlocken und Erbitterung, Schadenfreude und Selbstverachtung in der Schwebe hin und herschwankend, war er gegen Mitternacht auf den Markusplatz gelangt, wo noch mehrere Spaziergänger, die Nachtkühle zu genießen, sich auf und ab bewegten, und wo er seinerseits die Stunde abzuwarten beschlossen hatte in welcher er Ilsung aus seinem Paradiese hinausstoßen und ihn Beppo und dessen Söhnen überliefern wollte. Von den körperlichen und geistigen Anstrengungen des Tages erschöpft, lehnte er sich an einen der Pfeiler der alten Prokurazien, und starrte in Gedanken versunken vor sich hin, ohne wahrzunehmen, wie die Spaziergänger vor ihm plötzlich in größeren Gruppen sich zusammenscharten, als ob ein unerwartet eingetretenes, bedeutendes und den Anteil aller mehr oder minder in Anspruch nehmendes Ereignis sie beschäftige. Ebensowenig bemerkte er, daß ein Mann, von einer dieser Gruppen sich ablösend, ihn längere Zeit mit teilnehmenden fast bedauernden Blicken betrachtete, bis derselbe endlich die Hand auf seine Schulter legend ihn also ansprach: »Ihr wißt es also, Messer Ruggiero, und ich habe nicht, wie ich fürchtete, Euch die erste Nachricht von einem Ereignisse zu bringen, das, dem bekümmerten und verstörten Ausdruck Eurer Mienen nach, Euch schwer genug auf der Seele liegt! Daß dies der Fall ist, daß Ihr an einem Menschen, der Eure Huld und Euer Wohlwollen so oft mit Füßen von sich gestoßen, noch immer so viel Anteil nehmt, macht Eurem Herzen alle Ehre; allein wenn Gott will, so muß man still halten und seinen Ratschlüssen sich fügen!«

Ruggiero, der, aus seinen Träumen aufgeschreckt, nur flüchtig diese Ansprache vernommen und kaum ihren Sinn erwogen hatte, und der aufblickend Antonio Balletti, den Kaufmann, vor sich sah, welchem er des höhnenden Grußes wegen, den er ihm einst von Anselmo überbracht hatte, eben nicht hold war, murmelte unmutig einige Flüche vor sich hin und schnaubte dann, sich dichter in seinen Mantel hüllend und von dem Sprechenden sich abwendend: »Was faselt Ihr da? Wovon soll ich willen und an wem soll ich teilnehmen von dem Diebsgesindel um mich her, das Gottes schöne Welt zur Räuberhöhle und zum Bordell macht? Laßt mich zufrieden!« – Mit diesen Worten wendete er Balletti mürrisch den Rücken; dieser aber, ihm in den Weg tretend, entgegnete: »Wie, so wißt Ihr nicht von der Neuigkeit, die ich eben von Rom mitgebracht habe, nämlich, daß der heilige Vater den allmächtigen Kardinal Caraffa, den Gönner Eures Neffen, plötzlich Hochverrates wegen auf der Engelsburg gefangen setzen und ihn nachts darauf in seinem Kerker erdrosseln ließ?« – »Und wenn er ihn hätte vierteilen lassen, den würdigen Gönner meines nichtswürdigen Neffen, was hätte mich das zu kümmern?« versetzte Ruggiero, Balletti beiseite schiebend, der ihn aber seinerseits am Mantel festhielt, und fortfuhr: »So wißt Ihr denn auch nicht, daß mit dem Kardinal zugleich sein Geheimschreiber und Vertrauter Anselmo, Euer Neffe, zur Haft gebracht und tags darauf auf den Wällen der Engelsburg aufgeknüpft wurde?« – Ruggiero, diese Worte vernehmend, drehte sich rasch um und stand einen Augenblick, die Augen weit hervorgequollen, starr und wie an allen Gliedern gelähmt, dann aber fuhr er mit der Behendigkeit einer Katze und der Wildheit eines Tigers auf den Kaufmann zu, und drückte ihn an den hinter ihm befindlichen Mauerpfeiler. »Du lügst!« rief er, »Hund, gesteht, daß du lügst!« und dabei umklammerte er mit seinen Händen die Gurgel Ballettis so fest, daß dieser des Wütenden sich kaum mehr erwehren und um Hilfe rufen konnte. Als der Arme von den auf sein Geschrei Herbeigeeilten aus Ruggieros Klauen befreit, diesem letzteren zitternd, bleich und nach Luft schnappend gegenüber stand, fing er von neuem an, mit den heiligsten Eiden zu beteuern, daß alles, was er ihm und vor ihm schon vielen andern berichtet habe, aufs Wort wahr wäre, und daß er mit eigenen Augen Anselmo Malgrati an einem auf den Zinnen der Engelsburg in Eile errichteten Schnellgalgen habe baumeln sehen, Versicherungen, die Ruggiero mit hochgerötetem Antlitz und rollenden Augen, aber lautlos, stumm anhörte, bis er, plötzlich einen gellenden Schrei ausstoßend, und sich bald mit den Händen das greise Haar raufend, bald sich Faustschläge auf die Brust und ins Gesicht versetzend, sich wie ein Kreisel wirbelnd umherdrehte, während Schaum auf seine Lippen trat und alle Muskeln und Nerven seines Antlitzes fiebrisch zuckten und flogen. Erschöpft endlich an den Pfeiler zurücktaumelnd, an dem er früher gelehnt hatte, schlug er die Hände vors Gesicht und stöhnte mit seltsam kreischender Stimme: »Tot! tot!« welche Worte er so oft und in so schmerzlichen Tönen wiederholte, daß alle Umstehenden darüber von Rührung ergriffen wurden; doch plötzlich wieder in ein schallendes Hohngelächter ausbrechend, warf er seinen Hut in die Lüfte, riß sich den Mantel vom Leibe, und die Fäuste geballt gen Himmel streckend, rief er mit heiserer Stimme: »Pfui, Pfui! Gott hat mich um meine Rache bestohlen! Gott hat mich um meine Ehre betrogen! Pfui, Pfui! Im Himmel sitzen Schurken und Diebe, ich will zu den ehrlichen Leuten in die Hölle fahren!« Unter diesen Worten war er über die Stufen, die zu den Arkaden der Prokurazien hinanführen, auf den Markusplatz hinabgetaumelt, wo sich alsbald ein dichter Kreis Neugieriger jedes Alters und Standes um ihn her bildete, indem er unter seltsamen Sprüngen und Körperverdrehungen sich hin und her bewegte, während er beide Hände an die Schläfe drückte und dazu mit schmerzverzerrten Zügen seufzte und stöhnte: »Wehe, wehe! Wie das wühlt, wie das tobt! Den Schädel will mir's zersprengen! Ja, sie keimen und sprossen und wollen heraus! Hörner lassen sich nicht verbergen, und Hirsch und Hahnrei tragen Geweihe! Wehe, wehe!« – Als sich nun unter der gaffenden Menge alsbald einige fanden, die über seine Sprünge und Gebärden, noch mehr aber über seine seltsamen Reden zu lachen anfingen, fuhr er auf sie los: »Was lacht ihr, Laffen?« schrie er, mit geballter Faust ihnen drohend. »Was lacht ihr? Weil ich ein Hahnrei bin? Als ob es hier unter euch deren nicht dutzendweise gäbe, nur daß sie es nicht wissen und es nicht sein wollen, während ich mich selbst dazu gemacht habe! Oder meint ihr, ihr hättet solche Liebesdienste euren Landsleuten zu danken, ich aber einem Deutschen! Darin habt ihr freilich recht! Gott verdamme die Deutschen! Schlagt sie tot, die Hunde! Schlagt sie tot!«

Als nun auf diese Worte das rohe Gelächter um ihn her sich nur steigerte, stand er plötzlich still, kreuzte die Arme über die Brust und sprach, die unheimlich funkelnden Blicke düster zur Erde senkend: »Lacht nur, lacht, während ich weinen möchte, wenn ich nur könnte! Aber ich will den Spieß umkehren! Mein Neffe ist tot, meine Ehre ist tot, meine Rache ist tot! So will ich denn auch die Werkzeuge meiner Rache zerbrechen, Schraube und Schraubenmutter, Hammer und Amboß, alles soll in Stücke gehen! Mit Blut will ich ihnen den Tag ihrer wilden Hochzeit gesegnen, und wenn ihr dann vielleicht weint, so will ich lachen, daß mir die Augen tränen und der Atem ausgeht!« – Und damit ein wildes, schauerlich über den Platz hingellendes Gelächter ausstoßend, riß er den Dolch vom Gürtel, warf die Scheide weg und stürmte mit der blanken Waffe in der Faust gerade vor sich hin. Wo der Menschenschwall sein Fortschreiten hinderte, rief er: »Platz da, Bruder Hahnrei!« und sich durch das Gedränge Bahn brechend, nahm er bald unter überlautem Gelächter, bald gräßliche Verwünschungen und Lästerungen ausstoßend, jetzt unter dem Zuruf: »Schlagt tot!« und: »Nieder mit den Deutschen!« jetzt zwei Finger über das eigene Hinterhaupt her emporhaltend und dazu aus vollem Halse: »Hahnrei, Hahnrei!« schreiend seinen Lauf gegen die Gäßchen hin, die vom Markusplatz nach S. Fantino und von dort nach der Veronabrücke führten, während die neugierige Menge, nur wenige teilnehmend und bedauernd, die meisten des unverhofften, unentgeltlichen Schauspiels froh, in unruhiger Hast ihm nachwogte.

Bei dem Haus an der Veronabrücke angelangt, vermehrten noch die Nachbarn, durch den wilden Lärm und das Gebrause verworrener Stimmen aus ihren Betten aufgeschreckt, den um Ruggiero sich zusammendrängenden Menschenknäuel, während Ruggiero schweißtriefend, mit blau gerötetem Antlitz und blutunterlaufenen Augen, mit seinen zitternden Händen vergebens sich mühte das Haustor zu öffnen, und endlich erschöpft und kaum mehr fähig sich aufrecht zu halten, die Schlüssel klirrend auf das Pflaster niederfallen ließ. Indessen fanden sich geschäftige Hände genug, diesen Dienst an seiner Statt nicht bloß bei dem Haustore, sondern auch in der Vorhalle bei der Türe des Gemaches zu verrichten, welches Ruggiero wiederholt als die Werkstatt seiner Rache bezeichnete. Als nun auch diese Türe aufflog und völlige Finsternis den Ankom-

menden entgegenstarrte, drängte Ruggiero mit den flüsternd hinge-
sprochenen Worten: »Stille, stille! Hähnchen und Hühnchen sind zu
Bette gegangen! Weckt sie nicht, bis ich ihnen den Brautsegen gesprochen!« seine Begleiter zurück, stürmte mit gezücktem Dolche
nach der Ecke hin, in der er vordem Heinrich Ilsung das Lager bereitet hatte und durchbohrte Decken und Kissen desselben in ra-
sendem Ungestüm mit zahllosen Dolchstichen. Indes waren Lichter
herbeigebracht worden, deren Schein das Lager, an dessen Zerstö-
rung Ruggiero noch immer unermüdet arbeitete, als vollkommen
leer erwies, zugleich aber in der entgegengesetzten Ecke des Gemaches Ambrosia sichtbar machte, die bleich und starr wie eine Leiche
auf dem Estrich hingestreckt lag. Einige der Anwesenden bemühten
sich alsbald, die Ohnmächtige emporzurichten und wieder zum
Leben zu bringen; Ruggiero aber, dem indessen bei dem Anblick
des leeren Lagers, wie vom Schlage berührt, der Dolche entsunken
war, trat hinzu und wies die Hilfebringenden hinweg: »Laßt sie,«
sagte er, »laßt meine weiße Blume nur welken; besser sie stirbt, als
daß sie in Schande lebte und Schande zur Welt brächte! – Aber wo
ist mein blauäugiger, blondhaariger Zuchtstier hingekommen?«
fuhr er fort: »Wo bist du, mein breitschultriger alter ego? In welches
Nest hast du dich verkrochen, mein stattlicher deutscher Kuckuck,
seitdem du in das meine deine Eier gelegt? Oder wie, hat Himmel
und Hölle mich betrogen und hielt ich dummer Teufel den wirkli-
chen für einen plumpen Deutschen, weil er eine blonde Perücke
über seine Bockshörner gestülpt hatte und mir so treuherzig zu
Diensten war? Denn wenn er nicht der Teufel ist, so muß er hier
sein und ich muß ihn finden!« – Mut diesen Worten begann er alsbald toll in alle Ecken fahrend und ab und zu den Schlachtruf: »
Cierra España!«, den er sonst im Felde gebraucht hatte,« oder wilde
Flüche ausstoßend, alle Winkel des Gemaches wie des anstoßenden
Klosetts in unruhiger Hast zu durchstöbern, wobei er die Fenster in
Scherben schlug, das Hausgerät zertrümmerte und zuletzt in wü-
tender Verzweiflung über die Erfolglosigkeit seiner Anstrengung
sich das Gesicht mit den Nägeln zu zerfleischen anfing, bis die Umstehenden, die sich längst überzeugt hatten, daß das Gemach außer
Ambrosia keine lebende Seele enthalten habe und die nicht länger
zweifeln konnten, in Ruggiero einen Tobsüchtigen vor sich zu haben, sich seiner bemächtigten, und ferneren Ausbrüchen seiner Wut
ein Ziel setzten. Als dies geschehen war, bemühten sich einige

Freunde Ruggieros, die der Zufall oder das Gerücht von dem, was sich in dem Hause an der Veronabrücke begebe, dahin geführt hatte, die Menge der Neugierigen aus der Stube und allmählich auch aus dem Hause zu entfernen, worauf sie Ruggiero begreiflich zu machen suchten, daß es an der Zeit sei, ihn wie Ambrosia, die noch immer ihrer Sinne nicht mächtig geworden war, in ihre Wohnung heimzubringen und sie der Pflege der Ärzte und ihrer Diener zu übergeben. Ruggiero, der indessen stiller geworden, in einer Ecke des Gemaches zusammengekauert auf dem Estrich saß und die Hände vor die Stirne gepreßt, nur von Zeit zu Zeit stöhnte: »Wehe! Wehe! Wie das tobt! Wie das wütet!« Ruggiero hörte diese Vorschläge und Ermahnungen ganz freundlich und mit allen Zeichen des Verständnisses an. »Liebe Herren!« sprach er hierauf sich erhebend und ruhig und gelassen wie ein Gesunder in ihre Mitte tretend: »allerdings ist es schon spät geworden; die hier,« sagte er auf Ambrosia deutend, »ist schon eingeschlafen und auch ich fühle, daß es Schlafenszeit ist und daß ich wohltun würde, eine Ruhestätte zu suchen! Nur bleibt noch früher eine Kleinigkeit abzutun! Da ihr selbst einsehen werdet, liebe Herren, daß ich unmöglich mit dem Geweihe eines Sechzehnenders, wie ich es auf der Stirne trage, durch den schmalen Torweg dort ins Freie gelangen kann, so erlaubt mir vorerst, wie es die Hirsche ja auch mitunter zu tun pflegen, diesen etwas lästigen Hauptschmuck kurzweg abzustoßen!« – Mit diesen Worten rannte er, den nach ihm langenden Händen wie ein Aal sich entwindend, plötzlich kopfvor mit so gewaltigem Anlauf an den eichenen Türpfosten, daß er mit zerschmetterter Hirnschale zurücktaumelte, röchelnd niedersank und nach wenigen Stunden, ohne wieder zum Bewußtsein zurückzukommen, seinen unruhigen, bis zum Wahnsinn hartnäckigen Geist aushauchte.

Nach dem Tode Messers Ruggiero Malgrati, des letzten seines Namens und Geschlechtes, fielen die in seinem Besitze gewesenen Stammgüter an das verwandte Haus der Diedi, während das gesamte Spargut des Verblichenen und mehrere bedeutende Besitzungen, die er in den letzten Jahren angekauft hatte, seiner Witwe zufielen. Diese letztere, nach einigen Tagen schwerer Krankheit zur Besinnung und zum Leben zurückkehrend, erkannte zu ihrer großen Beruhigung, daß ihr Ruf durch die verhängnisvolle Nacht, die sie in dem Hause an der Veronabrücke zugebracht hatte, nicht im mindesten gefährdet worden; denn da das Haus an der Veronabrücke monatelang unbewohnt stand, da Ruggiero den jungen Deutschen bei tiefer Nacht, also ganz unbemerkt, dahin gebracht hatte, und da im Gegenteil die Nachbarn an dem verhängnisvollen Abend wohl bemerkt hatten, daß Ruggiero selbst seine Gemahlin, und zwar allein, in dasselbe verschloß, so lag nach dem allgemeinen Dafürhalten die Unmöglichkeit vor, daß Ambrosia daselbst mit irgendeinem jungen Manne hätte eine Zusammenkunft haben können, und alle darauf hindeutenden Reden Ruggieros wurden nur als wesenlose Vorspiegelungen des Wahnsinnes angesehen. Heinrich Ilsung kehrte, durch den Pfarrer von S. Maria Zobenigo von dem Vorgefallenen unterrichtet, nach einigen Wochen nach Venedig zurück. Sein Zartgefühl vermied der Witwe Ruggieros sich während des Trauerjahres zu nähern; nur verfehlte er während dieser Zeit nie, bei S. Fantino in der Frühmesse, die sie zu besuchen pflegte, sich einzufinden. Nach dem Ablaufe des Trauerjahres warb er um ihre Hand, die Ambrosia ihm ohne Bedenken gewährte, indem sie Ilsung in seine Heimat nach Augsburg folgte, wo kräftige Söhne und blühende Töchter ihrer Verbindung entsproßten, die das Patriziergeschlecht der Ilsung bis in die erste Hälfte des 18. Jahrhunderts fortpflanzten. Das Haus an der Veronabrücke hatte Ambrosia vor ihrem Abzuge aus Italien, froh eines Besitztumes sich zu entledigen, das ihr so traurige Erinnerungen zurückrief, bei weitem unter seinem Werte verkauft; allein die neuen Besitzer sollten des wohlfeil erworbenen Gutes sich nicht lange freuen; denn noch vor Ende des 16. Jahrhunderts brannte es bei einer in jener Stadtgegend wütenden Feuersbrunst bis auf die Grundfesten nieder, und an seine Stelle trat im Laufe der Jahre die Reihe unansehnlicher und ärmlicher Häuser, welche noch jetzt die rechte Seite des Gäßchens bildet, das von der Veronabrücke zu dem vorlängst verschütteten Kanal rio degli assassini hinführt.

Über tredition

Eigenes Buch veröffentlichen

tredition wurde 2006 in Hamburg gegründet und hat seither mehrere tausend Buchtitel veröffentlicht. Autoren veröffentlichen in wenigen leichten Schritten gedruckte Bücher, e-Books und audio-Books. tredition hat das Ziel, die beste und fairste Veröffentlichungsmöglichkeit für Autoren zu bieten.

tredition wurde mit der Erkenntnis gegründet, dass nur etwa jedes 200. bei Verlagen eingereichte Manuskript veröffentlicht wird. Dabei hat jedes Buch seinen Markt, also seine Leser. tredition sorgt dafür, dass für jedes Buch die Leserschaft auch erreicht wird.

Im einzigartigen Literatur-Netzwerk von tredition bieten zahlreiche Literatur-Partner (das sind Lektoren, Übersetzer, Hörbuchsprecher und Illustratoren) ihre Dienstleistung an, um Manuskripte zu verbessern oder die Vielfalt zu erhöhen. Autoren vereinbaren direkt mit den Literatur-Partnern die Konditionen ihrer Zusammenarbeit und partizipieren gemeinsam am Erfolg des Buches.

Das gesamte Verlagsprogramm von tredition ist bei allen stationären Buchhandlungen und Online-Buchhändlern wie z. B. Amazon erhältlich. e-Books stehen bei den führenden Online-Portalen (z. B. iBookstore von Apple oder Kindle von Amazon) zum Verkauf.

Einfach leicht ein Buch veröffentlichen: **www.tredition.de**

Eigene Buchreihe oder eigenen Verlag gründen

Seit 2009 bietet tredition sein Verlagskonzept auch als sogenanntes "White-Label" an. Das bedeutet, dass andere Unternehmen, Institutionen und Personen risikofrei und unkompliziert selbst zum Herausgeber von Büchern und Buchreihen unter eigener Marke werden können. tredition übernimmt dabei das komplette Herstellungs- und Distributionsrisiko.

Zahlreiche Zeitschriften-, Zeitungs- und Buchverlage, Universitäten, Forschungseinrichtungen u.v.m. nutzen diese Dienstleistung von tredition, um unter eigener Marke ohne Risiko Bücher zu verlegen.

Alle Informationen im Internet: **www.tredition.de/fuer-verlage**

tredition wurde mit mehreren Innovationspreisen ausgezeichnet, u. a. mit dem Webfuture Award und dem Innovationspreis der Buch Digitale.

tredition ist Mitglied im Börsenverein des Deutschen Buchhandels.

Dieses Werk elektronisch lesen

Dieses Werk ist Teil der Gutenberg-DE Edition DVD. Diese enthält das komplette Archiv des Projekt Gutenberg-DE. Die DVD ist im Internet erhältlich auf **http://gutenbergshop.abc.de**

Zeitfracht Medien GmbH
Ferdinand-Jühlke-Straße 7
99095 Erfurt, Deutschland
produktsicherheit@kolibri360.de